Triggerwarnung
Dieser Roman soll unterhalten und nur begrenzt wehtun, daher folgt am Ende des Buches eine Liste mit möglichen Triggern.

Bibliografische Information der Deutschen Nationalbibliothek: Die Deutsche Nationalbibliothek verzeichnet diese Publikation in der Deutschen Nationalbibliografie, detaillierte bibliografische Daten sind im Internet über dnb.dnb.de abrufbar.

TWENTYSIX – Der Self-Publishing-Verlag
Eine Kooperation zwischen der Verlagsgruppe Random House und BoD – Books on Demand

© 2019 Matthias Thurau

www.papierkrieg.blog
www.patreon.com/mthurau

| | |
|---|---|
| Cover: | Tobias Pieper |
| Korrektorat: | Kia Kahawa |
| | M. D. Grand |
| Buchsatz: | Kia Kahawa |

Herstellung und Verlag:
BoD – Books on Demand, Norderstedt

ISBN: 978-3-740705909

Mein herzlichster Dank geht an meine Freunde
Philipp Kiuppis und Tobias Pieper.

Matthias Thurau

# Sorck

# Flurbrand

So, wie Martin Sorck am Bordstein stand, hätte man ihn für vieles halten können. Oder auch für sehr wenig.

Im Schein der Flammen und Blaulichter feierten seine speckig-ledernen Koffer ein stilles Fest, an das sich seine Mimik anpasste. Gesichtslos starrte er die backsteinerne Häuserfront auf der anderen Straßenseite an. Es brannte. Er spürte die Hitze des Feuers deutlich auf der Stirn und konnte nicht fassen, wie pompös das Feuerwerk war, das seine Wohnung sich leistete. Eine Befreiungsfeier mit musikalischer Begleitung. Knarzend, krachend und knackend fraß sich der Brand durch die Dachbalken. Da oben hing bisher seine Wäsche zum Trocknen. Was vorhin noch dort war, war jetzt nicht mehr.

In mehreren Grüppchen leisteten Schaulustige dem dauerhaft Ausgesperrten Gesellschaft, deuteten mit erregten Fingern, filmten mit schwarzen Kameras. Andere verlangsamten für eine Weile den Schritt auf dem Weg zur Arbeit. Mit jedem lauten Krachen zuckten sie zusammen, raunten auf. Ungläubig hielten sie die Hände vor den Mund. Oder versteckten sie ein Lächeln?

Im Rhythmus eines weiteren gebrochenen Balkens bewegten die Gaffer ihre Köpfe, versteckten sie zwischen den Schultern, versanken in halbe Kniebeugen. Dann reckten sie sich wieder neugierig vor.

Nur Martin Sorck stand still.

Wortlos, ausdruckslos, fassungslos stand er still.

Doch konnte er sich in der Tragödie der Schönheit nicht erwehren. Rot und gelb züngelten Flammen in den Himmel, gaben beulenden Rauchtürmen Hilfestellung zur Flucht in die Wolken. Wie ein pulsierender, grauer Wurm, der wächst und sich dann auflöst, sich von unten ununterbrochen neu bildet, seinen eigenen Kopf sucht und dann zerstäubt.

Einstweilen schloss die örtliche Feuerwehr im Eilschritt ihre Schläuche an, bewässerte die Dächer der Nachbarhäuser, und richtete danach Wasserstrahlen punktgenau durch Sorcks Fensterfront. Was für eine Sauerei. Pampig verklebten Papiere und Polster, Teppiche und Tapeten. Was noch nicht verbrannt war, ertrank in Löschwasser oder erstickte in schwarzen Rußwolken.

Auffallend an Martin Sorck, wie er an der Straße verharrte und mit Anwohnern und Passanten dem Vergehen des Gebäudes zuschaute, war der Umstand, dass er zwei Koffer trug, in denen sich nun alles befand, was er besaß.

Man könnte in Hinsicht auf das Gepäck von einem glücklichen Zufall sprechen, und doch war Sorck nicht imstande, sich die Frage zu beantworten, ob er nicht lieber mit seinem Eigentum und ohne Kenntnis der

Katastrophe im Schlaf durch giftige Gase krepiert wäre. Denn Martins einzig wahre Aktivität der letzten Jahre bestand darin, Nachlass zu betreiben, aktiv zu hinterlassen. Um Geld und Güter handelte es sich keinesfalls. Er hatte sein Dasein gefristet und aufgelistet, sodass irgendwann jemand die Daten finden und erfassen könnte, und besser nutzen würde als er selbst. Ein Glücksfall für imaginierte Biographen. Die vage Überzeugung, wegen oder für etwas oder jemanden bekannt, berühmt und wichtig zu werden (Kunst, Politik oder die Gründung einer Familie), schwebte stets wie flaumiges Haar um seinen Hinterkopf, wo nun ein kalter Wind einen Kontrast zur Fronthitze bot.

Er begann zu schwitzen.

Während andere Leben führten, führte Martin Sorck Listen über seines. Er verzeichnete, was und wann er aß und ob es ihm schmeckte, seine Laune, Träume, gesundheitliche Beschwerden, wo er mit wem Zeit verbracht hatte, wie oft und wann er mit wem Sex gehabt hatte (wobei diese Liste seit Längerem unberührt herumlag) und viele weitere nutzlose Daten.

Ursprünglich, meinte er sich zu erinnern, begann es mit To-Do-Listen, als Hilfe zur Regelung des Alltags, wurden anschließend nicht weggeworfen und stattdessen für zukünftige Biographen aufbewahrt.

Stück für Stück verloren die Listen ihren kurz- und

mittelfristigen Sinn. Seine Mühe zielte auf eine Periode, in der alles doch wieder Sinn ergäbe, in der alle Daten für kurze Augenblicke nützlich sein könnten. Diese Zeit fand sich bequemerweise nach Martins Ableben. Was man damit anfinge, kümmerte ihn kaum. Er machte sich Sorgen, dass seine Arbeit als solche nicht anerkannt und als Müll vernichtet würde, was sie nicht bloß aktuell, sondern auch zukünftig absurd erscheinen ließe, was auch seine Existenz der Absurdität preisgäbe. Gegen derartige Gedanken wehrte er sich.

Zu diesem Zeitpunkt allerdings, mit gepackten Koffern an der Straße, waren derartige Sorgen ebenfalls absurd geworden, da es keine Zukunft für die Daten geben sollte. Sein Leben war ruiniert, sein Werk verbrannt, sein Zuhause bald ein nasser Klumpen modriger Asche.

Wie zum Beweis für diese Tatsache brach der Dachstuhl unter lautem Getöse zusammen und hagelte glühend auf das Restgerümpel der Sorck'schen Heimstatt, trat wie ein rußiger Stiefel das ohnehin zerstörte Anwesen weiter zu Schund. Diesmal zuckten die Schaulustigen nicht allein. Auch Martin bewegte sich, drehte sich vom Inferno seiner Wohnung weg und trat eine Reise an.

In seiner Jackentasche befand sich das auf halb unfreiwillige Weise in seinen Besitz geratene Ticket für eine Fahrt auf dem Luxus-Kreuzfahrtschiff SSCF Aisha

Harmonia von Warnemünde über Tallinn, Sankt Petersburg, Helsinki und Stockholm. Unfreiwillig insofern, dass er beim Blackout-Shopping, im Laufe des Schlusssprints eines mehrtägigen Gelages, sein letztes Erspartes dafür aufgebracht hatte.

Nebst Ticket enthielt das kleine Büchlein der Aisha Reisegesellschaft eine Sammlung sämtlicher passagierlicher Rechte und Pflichten, Zeitpläne, Buchungsbestätigungen und einen Stapel sonstiger Unterlagen, die er benötigte, und ihn auf seine neu anbrechende Kreuzfahrerexistenz vorbereiten sollten. Spätestens mit Zahlung der vom Anbieter geforderten, keineswegs unerheblichen Summe, hatte Martin Sorck sich verpflichtet, für eine Weile neuen Regeln und Plänen zu folgen, die er im Vorfeld besser hätte studieren sollen.

Außer dem Part des Druckwerks war ein heraustrennbares Schnellzugticket, geltend ab dem nächstgelegenen Bahnhof, um pünktlich den Urlaubsdienst antreten zu können.

Schweigend ließ er Blicke in der Ferne abstürzen, ohne etwas zu sehen, ließ beide Koffer an schlaffen Armen baumeln, Verlängerung hängender Schultern, wartete am Gleis. Die Möglichkeit, sein Gepäck auf dem Boden abzustellen, hatte er nicht wahrgenommen – in jedem Sinne des Ausdrucks. Tranceartig statuesk pfeilerte er an einer Stelle, starrte in eine Richtung, bewegte sich nicht und blinzelte gerade genug, um die Tauben zu verscheuchen, bis endlich der Zug eintraf. Blind stieg er ein. Erst mit beiden Füßen auf dem Trittbrett verglich er die Angaben des Tickets mit der Nummer des Waggons. Gegen den Strom der Nachdrängenden stieg er wieder aus und betrat jenen mit der richtigen Nummer.

Langsam wurde er munter, langsam wieder er selbst, unruhig, und suchte einen Stellplatz für sein Gepäck.

Martin Sorck glaubte festgestellt zu haben, dass deutsche Schnellzüge zu einer Sauberkeit tendierten, die relativ zum Kostenfaktor des Tickets war und außerdem mit dem Einsatzort zusammenhing. Wer es sich leisten konnte, bezahlte eine Winzigkeit mehr, um bequem und sauber zu reisen, benahm sich entsprechend ordentlicher, da weniger gestresst und komfortabler untergebracht. Das restliche Gerümpel der Menschheit, zu dem auch er sich fairer- und üblicherweise zählte, reiste in ungeputzten Viehwaggons und hinterließ noch einen eigenen Beitrag. Martin Sorck hatte in seiner Jugend mehr als einmal in einen solchen Zug gekotzt, wäre aber nicht auf die Idee gekommen, das Gleiche auf dieser Fahrt im ICE zu tun. Stattdessen genoss er seine Fahrt in besserer Gesellschaft, die er selbstverständlich nicht als sympathischer empfand als die Mischung aus Obdachlosen, Besoffenen, Junkies und der Armee müder Arbeiter, mit der er sonst über die Schienen und durch die Hinterhöfe der nordrheinwestfälischen Landschaft gebrettert war, denn das wäre politisch inkorrekt gewesen, und außerdem war es ihm dafür zu egal.

Die Zugfahrt verbrachte er sitzend, doch nicht sorglos auf seinem reservierten Platz in einem weitestgehend ausgebuchten Waggon. Zu seinem Bedauern sah er sich gezwungen, beide Koffer, zu groß für die Gepäckablage über Kopf, hintereinander im Gang abzustellen. Somit gab es zwar noch ein Durchkommen für migrierende Zugfahrer, doch wurde die Freiheit des Passagiers hinter ihm ebenso eingeschränkt wie seine eigene. Auch eng an die Sitze gerückt ließen sich die Koffer nicht ganz verbergen. Mit einer passiven Wut und einem rein äußerlichen Anschein von Verständnis hatte sein Rückennachbar akzeptiert, von Sorcks Gepäck belagert zu werden, was ihn jedoch nicht davon abhielt, auf unnötig komplizierte Weise (er gab sich Mühe mit seiner Unbequemlichkeit) über den Koffer zu steigen, als der nächste Halt seiner war.

Unruhig achtete Martin bei jedem Bahnhof auf sein Gepäck und versuchte, Ärger zu vermeiden. Nach Ausstieg des ersten belästigten Fahrgastes drohte der Zustieg neuer Gäste. Von vorn und hinten strömten Menschen in den Waggon. Sorck rückte seine Habseligkeiten näher an die Sitze. Das heißt, er deutete es mit einer halbherzigen Geste an, denn mehr Raum war nicht mehr frei zu machen. Ein Räuspern hinter ihm sollte ihn darauf aufmerksam machen, dass jemand den Sitz seines ehemaligen Rückennachbarn einnehmen wollte, nun also der Koffer auf neue Weise den Weg blockierte. Prompt rückte er sein hinteres Gepäckstück neben das vordere. Grimmig lächelnd nahm hinten jemand Platz, derweil sich vorne jemand gereizt entschuldigte, um durch den vollkommen blockierten Gang zu kommen. Sorck allerdings konnte seine Last noch nicht wieder in Ausgangsposition bugsieren, da der neue Fahrgast sein eigenes Gepäck in die Ablage stopfte.

Schweiß bildete Perlen in Martins Nacken und auf seiner Stirn. Halb sitzend und halb aufstehend griff er sich den zweiten Koffer und stellte ihn auf den ersten, mauerte sich ein, doch war die Gepäckmauer nur aufrecht zu erhalten, solange er in dieser ungünstigen Lage verharrte. Unablässig wanderten Personen durch den Wagen.

Er kam sich albern vor, doch zunächst fand sich kein Ausweg aus der Misere. Als endlich alle Passagiere ihre Plätze gefunden hatten, machte Sorck Anstalten, seinen Kofferturm wieder abzureißen. Dummerweise lagerten nun sowohl vor, als auch hinter ihm fremde Taschen im Gang. Ihm blieb nichts anderes übrig, als das Gepäck nebeneinander zu positionieren und auf eine weitere alberne Partie dieses Spiels am nächsten Bahnhof zu warten.

Am Ende des ICE-Waggons befand sich eine Stellfläche für größeres Gepäck.

Diese allerdings hielt eine Bochumer Großfamilie mit einem Hang zum Bäuerlichen in Beschlag und gleichzeitig die Fahrgäste in Atem.

Bis zu diesem Tage wusste Martin nicht, dass die Beförderungsbedingungen der Deutschen Bahn besagen, man könne »Hunde und andere Tiere vergleichbarer Größe, die in Behältnissen wie Handgepäck nicht untergebracht sind oder nicht untergebracht werden können, unter der Voraussetzung mitnehmen, dass sie angeleint und mit einem für sie geeigneten Maulkorb oder ausreichend Futter versehen sind.« Diese Tiere würden zum halben Flex- oder Sparpreis befördert. Ein BahnCard-Rabatt sei ausgeschlossen.

Man warf Martin für seine Koffer böse Blicke zu, während die Ziege angehimmelt wurde, da es ihm offenbar im Vergleich zu seiner Konkurrenz vom Waggonende an psychologischem Geschick oder Niedlichkeit mangelte. Zwar bat er mit Worten und einem trüben Lächeln um Verzeihung für die umständlichen Manöver seiner Zuggenossen und die grobe Freiheitsberaubung, die er ihnen zumutete, was ihm aber keineswegs die Gnade oder gar das Mitgefühl ebenjener einhandelte. Geschickter war es da schon, dem jüngsten Kind der Truppe ein Lämmchen in die Hand zu drücken und dieses zuckersüße Gespann vorzuschieben, sobald sich Kritik anbahnte.

Zu Hause hätte er das unter »Dinge, die ich weder verstehe noch gut verkrafte« notiert.

Trotz allem fand er die Zeit, über seinen bevorstehenden Urlaub nachzudenken und erträumte sich die Schönheiten Skandinaviens, die Kulturschätze und Wikingermentalität der Naturblondmenschen im hohen Norden.

Die Harmonia (übrigens ein recyceltes Schlachtschiff und passenderweise benannt nach der Tochter des Kriegsgottes Ares) legte in den Häfen von Estland, Russland, Finnland und Schweden an und kehrte dann nach Warnemünde zurück. Da ihm die Kultur der nordischen Gebiete – er dachte an Filme wie *Dänische Delikatessen* oder *Die Kunst des negativen Denkens* – seit Langem zusagte, verlangte es den fachkräftigen Lagerlogistiker und autodidaktischen Ethanol-Enthusiasten Sorck, die Länder des Skandinavischen Tigers zu besuchen.

# Das nagende Geräusch des Windes in der Steppe

Martin Sorcks aufmerksame Nachbarin wusste angeblich wenig, aber dennoch wortreich über ihn zu berichten.

So sagte sie: »Es gibt nicht viel, was ich über ihn weiß, und namentlich ist mir nahezu seine ganze Vergangenheit und Herkunft unbekannt geblieben, obwohl ich wirklich versuchte, mehr herauszufinden. Doch habe ich von seiner Persönlichkeit keinen starken und, wie ich trotz allem zugeben muss, auch keinen sympathischen Eindruck behalten. Herr Sorck war ein Mann mittleren Alters, wenn seine Augen auch, wenn Sie mich fragen, erheblich älter wirkten, falls Sie wissen, was ich meine, der vor etlichen Jahren eines Tages bei der Wohnungsgesellschaft vorsprach und nach einem Zimmer suchte. Meines Wissens war er in der Logistikbranche beschäftigt, als Fachkraft für Lagerlogistik, wie es so vornehm heißt, was allerdings nicht mehr darstellt als eine Art Packer, Schlepper, Gabelstaplerfahrer oder Artverwandtes mit hübscherem Titel. Kein Karrieremensch, wenn Sie wissen, was ich meine.

Jeden Morgen verließ Herr Sorck pünktlich um fünf Uhr das Haus und kehrte im Laufe des späten

Nachmittags wieder. Fünf oder sechs Tage die Woche. Nachdem das jahrelang so gelaufen war, folgte eine Periode, in der er nicht mehr pünktlich ausging, sondern sich häufiger verspätete und krank feierte. Wobei ich, wenn ich ehrlich bin, glaube, er hat blaugemacht.

Später schloss er sich in der Wohnung ein und man bekam ihn nur noch selten zu Gesicht.

Begegnete man ihm dann doch mal auf dem Flur, sprach er wenig, wirkte nervös und lächelte höflich. Höflich, nicht jedoch freundlich. Seine Augen waren nicht bei der Sache. Übrigens kam er im Sommer nie heraus, wenn die Nachbarn zusammen grillten.

Aber gestört hat er auch nicht. Er war nur selten zu laut. Wenn doch, lief für eine Stunde diese grässliche Musik und dann war es wieder gut. An solchen Tagen wirkte er schon nachmittags ein bisschen beduselt. Er ging dann häufiger raus als sonst. Einkaufen, glaube ich.

Ein ums andere Mal öffnete er seine Wohnungstür und wollte wohl das Haus verlassen. Dann bemerkte er, dass jemand im Flur war, und schloss sie wieder. Er wartete, bis das Treppenhaus leer war, um rauszugehen. Das vermute ich jedenfalls. Als ich das eine Mal still gewartet habe, erwischte ich ihn dabei. Freundlich reagierte er nicht unbedingt.«

# Regen

Eine gute Stunde vor Beginn des Einschiffungs-Prozederes fuhr Sorcks Zug – nach einem Umstieg nun der zweite – in den Warnemünder Bahnhof ein, wo ihn ein geklinkertes Ockerpanorama, von Stahlstreben durchsetzt, steingrau untermalt willkommen hieß. Als Erstes entledigte Martin sich der Koffer in Schließfächer. Er vertraute erneut seinen Besitz einem viereckigen Kasten an und hoffte, dass dieser nicht den Flammentod erleiden würde.

Noch hatte er nichts gegessen. Dank der morgendlichen Flammenhölle war kaum Zeit geblieben.

Bahnhofsessen verweigerte er, da die Kombination aus Transportwegen – Straßen oder Gleisen – und Nahrung ihm suspekt erschien. Sandwiches an Bahnhofsbuden erinnerten ihn an überfahrenes Getier am Straßenrand.

Hungrig lief Sorck Richtung Wasser, Richtung Fußgängerzone: Richtung Fressbuden.

Zusammenfassend ließe sich sagen, dass Warnemünde ein kleiner Ort ist, der zeitweise eine große Menge Menschen aufnimmt.

Der Gedanke, dass ein nicht geringer Prozentsatz der Passanten baldige Passagiere, also Prepassagiere der SSCF Aisha Harmonia und damit zukünftige Aishisten waren, missfiel Martin Sorck sehr. Noch störte ihn die Qualität in geringerem Maße als die schiere Quantität der Besucher, die sich allesamt in ein schmales Stahlgehäuse quetschen würden. Doch zunächst: Eis.

Aus Zeit- und Unlustgründen stellte sich Sorck an der erstbesten Eisdiele in eine schnurgerade, paramilitärisch geordnete Warteschlange.

Jeder Bediente trat in schnellem Schwung ab, um den im Gleichschritt Nachrückenden Platz zu machen. Befehle brauchten nicht mehr gebellt zu werden. Hier fanden sich ausschließlich Indoktrinierte.

Nur Martin tippelte mit den Füßen, guckte sich links und rechts um, schaute in die Luft, verpasste seinen Anschluss beim Vorrücken der Kolonne. Unterzuckerung machte ihn nervös. Hibbelig kratzte er sich den Hals, zog hastig seine Nase hoch.

Endlich war er an der Reihe.

Sirupjunky Sorck wisperte zum Eisdealer, seinem Saccharose-Samariter, im Flüsterton eine Bestellung von drei fettigen Glückshormonen im Hörnchen, einer Diabetikerflagge: Erdbeer-Vanille-Schoko. Mit Sahne.

Zufrieden schleckend suchte Sorck sich eine Sitzgelegenheit. Zeit für Erinnerungen an Wohnungen, die wie ausgebombte Bunker wirkten, und für existentiellen Horror gab es später noch genug. Jetzt war Zeit für Zucker.

Mit einem Seufzen drangen die Gedanken an die verbrannten Zettelsammlungen, die Listen und Aufzeichnungen doch wieder in sein Bewusstsein. Einen kleinen Stapel blanker, doppelt gefalteter Papierbögen trug Martin in der Tasche. Träge gab er seinem Impuls nach, zog die Bögen hervor und schrieb nieder, was bisher geschehen war, notierte Details der Zugfahrt, des Bahnhofs und der Eisdiele. Vorsichtig schlich er sich an der erneuerten Warteschlange vorbei zum Schalter. Die Informationen, die er erhielt, wurden mit geringschätzigen Gesichtsausdruck preisgegeben. Doch endlich konnte Sorck die Adresse der Eisdiele hinzufügen, um seine Daten zu komplettieren.

In geknickter Stimmung trottete der Listenmacher zum Bahnhofschließfach und holte seine Koffer. Hinter dem Parkplatz befand sich bereits das Hafenbecken und in ihm die SSCF Aisha Harmonia. Bevor er endlich an Bord gehen konnte, musste er jedoch wie alle übrigen Passagiere ordentlich abgefertigt werden. Eigens dafür errichtet, streckte sich das Warnemünder Cruise Center, ein graues Blechdach in Form einer Rampe ins Nichts, über Stahlstreben und eine Glasfront vergebens zum Meer. Niemals sollte diese architektonische Sehnsucht gestillt werden. Boshaft spiegelte sich Harmonias Flanke in den Fenstern der Abfertigungshalle, beschaute sich in ihrer leeren Pracht.

Das Gebäude war bis zum Erbrechen gefüllt mit vorfreudigen Bald-Reisenden, die brav in mehreren Reihen warteten, um betrachtet, durchleuchtet, überprüft und hoffentlich verschifft zu werden.

Martin Sorck hielt der uniformierten Ticketkontrollfachkraft seine Reisepapiere hin. Mürrisch scannte sie den Strichcode seiner Karte und untersuchte die Korrektheit des Russland-Reisevisums. Wortlos schob sie ihm einen Apparat zu. Da er nicht wusste, was er damit anzufangen hatte, betrachtete er die kleine Mikrowelle wortlos; beide betrachteten sie wortlos.

Mehr unwillig als freundlich griff sie Sorcks rechte Hand und schob diese ins Gerät. Alles weitere lief automatisch. Es dröhnte leise. Gleichzeitig wies die Schalterdame ihn auf eine kleine Kamera, die auf Kopfhöhe angebracht war, hin, in die Martin unwillkürlich blickte. Auf einem Bildschirm tauchte sein Foto auf.

Ein warmes Licht fuhr seine Handfläche entlang. Als er die Hand wieder herausziehen wollte, schnappte ein Mechanismus zu, quetschte sie leicht zusammen und stach in seinen Finger.

»Foto, Fingerabdrücke, Blutgruppe. Für den besten Service, die schnellste Versorgung bei Verwundungen oder nötigenfalls, um eine Identifikation zu erlauben.«

Diese Ansage war geübt.

Man gab seiner Hand fast unbeschädigt die Freiheit wieder.

Zum Abschluss der Prozedur erhielt Martin Sorck einen Anhänger, der ihn offiziell als Passagier der Harmonia identifizierte. Er ähnelte den Hundemarken des Militärs, *Dog Tags*, was der kriegerischen Geschichte des Bootes geschuldet sein mochte, und funktionierte nach einem ähnlichen Prinzip. Bei jeder Rückkehr an Bord, nach jedem Außeneinsatz, wurde ein kleines Stück zu Kontrollzwecken abgebrochen – wie im Todesfall eines Soldaten. Und man kehrt schließlich auch toter zurück als man losgezogen ist: die Zeit rennt und die Zellen sterben.

Kontinuierlich belastet mit zwei Koffern und einer unsicheren Zukunft schlurfte Abenteueranwärter Sorck weiter zum Security Check – im Gepäck versteckt mitzubringen verboten: Batterien, Feuerzeuge und Sprengstoffe jedweder Art – und stellte die Koffer auf ein schwarzes Laufband.

Während sein Besitz geprüft wurde, musste er einen Metalldetektor passieren. Die Maschine blieb stumm. Dennoch trat ein schwarz uniformierter Herr vor. Seine breiten Schultern und das hagere Gesicht verliehen ihm das abhorreszierende Äußere eines Leichnams auf Steroiden. Sorck schreckte unwillkürlich zurück. Neben ihm hievte man seine Koffer auf einen Rollwagen; der Transport zur Kabine war im Preis inbegriffen.

Mit größtem Eifer suchte der abominabel wirkende, abgeblüht aussehende Sicherheitsoffizier mithilfe eines tragbaren Detektors nach Metallen und versteckten Verstößen gegen die Sicherheitsbestimmungen an Martins Leib. Erneut erschallte kein Ton.

Freundlich aber bestimmt nahm er Sorck zur Seite, sondierte nervös die Umgebung und drückte ihm etwas in die Hand.

»Viel Glück«, flüsterte er und schickte ihn weiter.

Zwei Schritte später beäugte der konfuse Passagier sein Geschenk. Es handelte sich um den Griff einer Zahnbürste, an dessen Spitze eine Rasierklinge befestigt war.

Nach Verlassen des Cruise Centers, als er zum Steg gelangte, hielt er noch immer die selbstgebastelte Gefängniswaffe in Händen. Erschrocken schleuderte er sie mit der größten Nonchalance, der er mächtig war, ins Hafenbecken. Ein enttäuschtes Kopfschütteln der Begrüßungscrew war sein Dank. Doch Sorck trug das korrekte Dog Tag und durfte an Bord.

Durch lange Gänge, Wendeltreppen und Aufzüge trottete er mit stumpfen, schweren Augen auf seine Kajüte zu. Innenkabine, keine Aussicht, Doppelbett, Fernseher, Schrank, Plastikbad.

An der Technik hatten die Schiffsbauer nicht gespart. Der Fernseher war moderner als Martins Gerät daheim. Nun, moderner als das Gerät, das er daheim genutzt hatte, bevor es sich in einen Kohleklumpen verwandelte.

Aber was ihn noch mehr beeindruckte, war die Wand. Beinahe die gesamte Wandfläche bestand aus einem einzigen digitalen Bilderrahmen, der mit holpriger Regelmäßigkeit hochaufgelöste Bilder durchwechselte. Zur Ansicht eines Sonnenuntergangs war Martin eingetreten. Am Horizont versank der Stern in leuchtenden Rottönen.

Martin Sorck legte seine Koffer aufs Bett, während das Foto eines ruhigen Meeres auf den weiteren Urlaub einstimmte. Schon meinte er das Säuseln des Wassers hören zu können, das sanfte Rauschen der Wellen, die sich gegen einen weißen Strand drängen. Er begann auszupacken.

Die Hindenburg verwandelte sich am sechsten Mai 1937 in einen Feuerball in der Luft und die Kabine nun in einen lauen, glutroten Ofen, der bald wieder seine Farben der Temperatur anpassen sollte: ein Picasso aus der Blauen Phase. Mit gesenktem Haupt saß ein alter Mann Gitarre spielend im Schneidersitz an Martin Sorcks Zimmerwand, während er seine Socken verräumte. Seufzend nahm er ihn zur Kenntnis, nickte vor sich hin. Da wechselte die Szenerie erneut. Eine Rorschach-Kleksographie poppte auf und nahm seine Aufmerksamkeit gefangen. Intensiv betrachtete er das Testbild, las »Tafel 1« am unteren Rand und erkannte sofort ein Augenpaar, das traurig zu Boden blickte, kraftlos, weil alle Tränen längst vergossen waren.

Die Badezimmerutensilien verstaute Sorck mit einer grünen Wiese im Hintergrund, die sich saftig, endlos erstreckte und ihren frischen Duft ahnen ließ. Lachende Kinder auf einem Spielplatz nervten Martin beim Verstauen seiner Hemden. Kurz vor dem Wechsel zum nächsten Bild meinte er zu sehen, dass die Spielgeräte alt, verrostet und halb zerstört waren. Doch das wusste er nicht mit Sicherheit, da er zu spät darauf aufmerksam und zu sehr vom nächsten Bild in Beschlag genommen wurde. Auf einem alten Foto arbeiteten Männer mit großen Hämmern in einem Steinbruch. Ihre Füße waren angekettet, ihre Gesichter schmutzig und abgezehrt. Langsam zweifelte er den Unterhaltungswert dieser Attraktion an.

Die nächsten Bilder betrachtete er jeweils nur kurz, um endlich mit den Koffern fertig zu werden. Rodins *Le Penseur* tauchte auf und wurde von fleißigen Trümmerfrauen abgelöst. Mittlerweile war Martin fertig geworden. Ein weiteres Bild erschien. Wie gefesselt starrte er bewegungslos darauf. Zwei sandige Vögel und ein Mann in einem Trenchcoat. Er fragte sich, ob es das selbe Rorschachbild wie zuvor war, und ob er ernsthaft seine seltenen ruhigen Kabinenaufenthalte neben dieser medialen Monstrosität verbringen wollte.

Keine Stunde benötigte er, um Argumente und Mut für einen Gang zum Serviceschalter zu sammeln, diesem durchgängig lächelnd besetzten Schreibtisch mittschiffs, und sich zu beschweren. Oder im Verzagensfall nachzuhören, was es mit der Bebilderung auf sich hatte.

»Dies ist das Halbbrüder-Paket, eine Kombination aus Ares- und Apollonmodell, ein Standard-Entspannungsprogramm inklusive subtil anregender Elemente für unsere kultivierteren Reisenden, Herr Sorck.«

Im Vorfeld hatte er der Dame vorsorglich seinen Namen vorenthalten.

»Trotz aller Freundlichkeit und Fürsorge, die deutlich aus dem Bilderprogramm spricht, täten Sie mir doch einen großen Gefallen, wenn die Auswahl abgeändert oder wenigstens auf ein einziges Bild begrenzt werden könnte.«

Auf magische Weise gelang es seinem Gegenüber, auch im Laufe des Sprechaktes die perfekte Gleichtönigkeit des Lächelns keinen Deut abzuwandeln.

»Wir erfüllen gerne jeden Wunsch unserer hochverehrten Reisegäste, aber aus technischen Gründen kann nur eine Bildfolge, kein Einzelbild auf Dauer angezeigt werden. Außerdem ist dieser Service kostenlos.«

Das war natürlich ein Argument.

Martin zögerte.

»Dann stellen Sie doch bitte das Gerät vollständig ab.«

»Das widerspräche unserer Unternehmensphilosophie. Ich darf Sie darauf aufmerksam machen, dass bei Studien eine Verringerung von Beklemmung, Kabinenkoller und weiteren Angstzuständen sowie eine erhöhte Teilnahme an Schiffsaktivitäten bei Testsubjekten in Bildschirmkabinen festzustellen waren. Der freigegebene Abschnitt der Befragungsprotokolle suggeriert, dass die gesteigerte Aktivität nicht ausschließlich auf einen Fluchtreflex vor dem Bildschirm zurückzuführen sei. Im Übrigen soll Sie die subtile optische Untermalung ihrer Kabinenzeit entspannen, auf zukünftige Aufgaben vorbereiten, Langeweile vertreiben sowie dienlich sein, Ihre Laune zu heben. Sie wollen doch keine schlechte Laune verbreiten. Oder, Herr Sorck?«

Seine kultivierte Gegenfrage lautete: »Was, wenn doch?«

Das Schicksal seiner Provokation war ebenso still wie grausam, da sie in Grund und Boden gelächelt und aus der Existenz fortignoriert wurde.

»Eine Lösung, die ich Ihnen für einen winzigen Aufpreis anbieten könnte, wäre unser Eros-Service oder ein Upgrade auf das Fußballpaket Nike für domestizierte Reisende.«

Martins Gesicht erstrahlte wie eine Wärmelampe.

Die Chance war verpasst, auf der Stelle und voller Empörung ein satt hostiles »Nein!« auszurufen. Schuld daran war wieder einmal sein Zögern. Wer weiß, was die anonyme Person, deren Gesicht er in den nächsten Minuten vergessen haben sollte, nun über ihn dachte. Hielt sie ihn für einen dauermasturbierenden Stadionrabauken, einen Schwerenöter, Sittenstrolch und Bierdosenproleten?

Konsequenter Weise begann er zu stottern. »H-hören S-Sie«, sprach er. »Ich weigere mich, weigere mich, von meinem D-Doppelbett aus ständig ein so-solches Geflimmer zu sehen! Wie kommen Sie denn überhaupt auf die Kategorisierung? Woher stammen Ihre Informationen?«

»Das werden wir auf der Stelle korrigieren. Ein Doppelbett hat in der Kabine eines Alleinreisenden nichts verloren.«

Sie lächelte freundlich. Martin war augenscheinlich nicht bewusst, wie er guckte.

»Sie haben direkt oder indirekt den allgemeinen Geschäftsbedingungen sowie den Cookie-Richtlinien auf unserer Website zugestimmt, als diese Reise gebucht wurde. Gründlich wie unser Online Service Team arbeitet, hat man ein Profil von Ihnen und Ihren Interessen entwickelt, Sie eingeordnet und kategorisiert. Des Weiteren arbeiten wir selbstverständlich mit anderen Unternehmen zusammen, um Ihr Erlebnis im Internet, unterwegs und zu Hause zu verbessern, unseren Service weiter auszubauen und Ihnen jedwede Last abzunehmen, die wir für Sie übernehmen können. Ist Ihnen beispielsweise nicht aufgefallen, dass man Ihnen passend zur Reise per E-Mail, Post und SMS Produkte vorgeschlagen hat? Sonnenbrille, Echtleder-Flip-Flops, Klappmesser?«

Martin hatte genug gehört, sogar mehr, als er wollte, und ließ die Servicekraft stehen. Eifrig rief sie ihm hinterher: »Ich vertraue auf Ihre Adaptabilität, Herr Sorck, und hoffe notfalls auf Akkommodation!«

Kaum hatte sich Fachlagerwirtschaftspackexperte Martin Sorck wieder auf sein Bett gesetzt, stürmte eine Kolonne irritierend schnell sprechender Frauen in beigen Kleidern hinein und stellte ihn sanft aber bestimmt zur Seite. Gekonnt hoben sie das Bett an, drehten es hochkant und hievten es aus der Kabine. Bloß eine von ihnen trug klugerweise einen Gewichthebergürtel, derweil vertrauten die anderen ihren Bandscheiben vollends.

Auf den Flur und hinter der diebischen Truppe her hastend rammte Sorck eine zweite Bande beiger Bediensteter, die ein Einzelbett in Richtung seines Zimmers schleppten. Wie gegen eine Wand prallte er gegen den haarigen, gestählten Unterarm einer gigantischen Putz-Primadonna. Abschätzig schnaubte sie den am Boden liegenden Aus- und Umgebetteten an, stieg über ihn hinweg wie ein braver Soldat über den erschlagenen Feind und wuchtete – ein menschlicher Kran! – die neue

Sorck'sche Bettstatt ins Gemach des Niedergestreckten, während ihre Kolleginnen bereits zu neuen Abenteuern aufgebrochen waren. Nun endlich sagte das Zimmer, was auch Martins Augen verrieten: Dieser Mann schläft allein – und nicht besonders gut.

Fortan war genug Platz vorhanden, um Sport oder ähnliche Dinge zu treiben, was Martin keineswegs vorhatte.

Auf der neuen Single-Schlafgelegenheit sitzend entdeckte er eine Broschüre, die wohl vorher unter dem Doppelbett versteckt gelegen hatte.

»Die SSCF Aisha Harmonia und ihre Crew begrüßen Sie herzlich an Bord.«

Harmonia, Göttin der Eintracht, war ein Kind aus der Liebschaft des Ares, des Kriegsgottes, und der Aphrodite, Göttin der Lust. Die Zusammenhänge waren dem Einzelreisenden Sorck noch nicht ganz klar.

Als Knecht des Phobos aber fühlte er sich nicht ganz fehl am Platz in seinem Schwesterschiff, nicht mehr zumindest als überall sonst.

Alles in allem versprach dies, ein guter letzter Urlaub zu werden.

Er studierte die Broschüre weiter:

> Vor Ihnen liegen traum- und schicksalhafte Tage an Bord eines der am schwersten gepanzerten Reiseschiffe der

Aisha-Armada. Freuen Sie sich auf ein wundervolles Schiff und genießen Sie unsere faszinierenden Angriffsziele, kulinarischen Köstlichkeiten, professionelle Artillerieunterstützung und jede Menge Spaß.

Wir möchten, dass Sie sich bei uns an Bord rundum wohl und sicher fühlen. Dafür fordern wir absoluten Gehorsam und treffen zahlreiche Vorkehrungen. Eine dieser Maßnahmen ist die für alle Gäste mandatorische Seenotrettungsübung. Auf Drills, für den Fall eines Beschusses aus der Luft, vom Land oder durch feindliche Marinestreitkräfte, wird Ihrer Bequemlichkeit zuliebe verzichtet. Im Gegenzug gehen wir davon aus, dass unter Feuer jeder sein bestes tun und das Schiff mit allen Mitteln, zu eigenem Ruhm und dem der Aisha Reisegesellschaft verteidigen wird.

Machen Sie sich bitte im Vorfeld selbsttätig mit den Rettungseinrichtungen, Sicherheitsvorschriften, Munitionsverteilungsplänen und Ihrer jeweiligen Stellung vertraut. Verteidigung bis zur letzten Person! Dies gilt unabhängig von Hautfarbe, Religion oder sexueller Orientierung. Im Tode sind wir alle gleich.

> Sobald der Generalalarm zur Übung eingeleitet wird, begeben Sie sich bitte mit Ihrer Rettungsweste und angemessener Kleidung zu dem Ihrer Kabine zugewiesenen Sammelplatz. Festes Schuhwerk, lange Hose, Stahlhelm; die Anzugordnung ist Teil der soldatischen Ordnung und trägt zur Identität und Verhaltenssicherheit der Soldatinnen und Soldaten bei. Ein vorbildliches Erscheinungsbild der Truppe ist Ausdruck ihres Selbstverständnisses.

Rettungswesten befanden sich im Schrank. Treffpunkt für alle Insassen des Flurs war Backbord, links unten vom Heck aus gesehen.

Einen zarten Hauch sozialer Gleichheit im Angesicht des sicheren Todes verströmte das Anweisungspapier.

Sorcks Zimmer war dem Flakgeschütz Backbord zugeteilt: Luftabwehr. Helme waren bei der Kabinencrew zu erbitten, Munition besorgten die Bewohner der Kajüte nebenan. Es gibt nichts Besseres, als einen handfesten multilateralen Konflikt, um aus einer Menge vereinzelter Kreuzfahrttouristen eine feste Gemeinschaft zu schmieden.

> Viele unvergessliche Momente und einen wunderschönen Aufenthalt auf der SSCF Aisha Harmonia wünscht Ihnen Ihre Crew.
> Für Traumata, posttraumatischen Stress und sonstige Spätfolgen, die aus Ihrer Reise resultieren könnten, lehnt die Aisha Reisegesellschaft jedwede Verantwortung ab.

Martin Sorck schaute auf das Selbstportrait Basquiats in Blau, bewunderte die chaotische Kreativität und den heutigen monetären Wert, raffte sich aber doch auf, um mit den restlichen Passivruderern an Bord den Gruß der winkenden Zurückgelassenen im Hafen von Warnemünde zu erwidern. In einer Woche würde das Schiff hier erneut anlegen, und die Stadt hätte eine Ladung Durchgangsmenschen für wenige Stunden als Konsumenten gewonnen.

Als er das Aussichtsdeck betrat, quengelte die unglückselige Erkennungsmusik der Aisha Harmonia, ein fanfarenlastiger Triumphmarsch, dessen Hang zum Brachialen von Tönen elektronischen Chill-Out-Gewabers entschärft wurde, aus allen Boxen und unterbrach sich nur für Augenblicke durch ohrenbetäubendes Gehupe: Das Volk jubelte. Jemand warf Brot ins hungernde Gedränge, Blumen wurden ins Publikum gefeuert, eine Marschkapelle, die bei dem Lärm niemand hören konnte, spielte. Weinende Frauen winkten mit bestickten Taschentüchern, ein blonder Knabe wurde zum Abschied hochgehalten und ein uralter Mann in einer zerrissenen Uniform voller Orden salutierte so würdevoll, wie er eben noch konnte. Es war herzergreifend zum Kotzen. Martin brauchte einen Drink. Er bekam keinen: Erst musste die Sicherheitsübung durchgestanden werden. Wenn alle Passagiere sich endlich an ihren Treffpunkten eingefunden haben würden, könnte es weitergehen. Bis dahin gab es keinen Spaßbetrieb auf der SSCF Harmonia, dem Kriegstochterschiff. Doch dafür musste die Übung erst einmal beginnen. Jeder Passagier hatte dafür in seine Kajüte zurückzukehren, da sich dort die jeweiligen Rettungswesten befanden, und auf Anweisungen zu warten.

Im Zimmer lehnte Martin sich an die leere Wand seitlich des Eingangs und bewunderte Nick Alms Gemälde *The Great Implosion*, das ihm allerdings noch mehr Lust machte, einen zu heben.

Die Kabine wirkte plötzlich leer. Nichts lenkte ab. Es schien ihm auf einmal zu deutlich, dass es dort nichts gab, abgesehen von ihm selbst, dem Bild und der Leere.

Für eine Weile verlor er sich im Blick der Zentralfigur, starrte hin, als erwartete er eine Reaktion.

Dann winkte er ab, legte sich auf sein Bett und schloss testweise die Augen.

Eine Sekunde darauf schrillte eine Sirene durch das

Zimmer, die Flure und sämtliche Hohlräume in Martins Körper. Panisch sprang er auf. Dann erst fiel ihm die Übung wieder ein. Eine Durchsage bestätigte es. Entnervt zog er die klassisch orangefarbene Rettungsweste über und zog los, sein fiktives Leben zu retten; sein Leben fiktiv zu retten.

Durch eine stabile Glastür verließ Seenotrettungslehrgangszwangspartizipant Martin Sorck die wohlig temperierten Innereien der Harmonia und betrat die windige, kühle Welt ihrer Außenhaut. Eine größere Gruppe frierender Touristen stand bereit, ihre Portion Wissen und Aufklärung in Empfang zu nehmen. Wartend schaukelten Rettungsboote und Crewmitglieder horizontal und vertikal, wartend stampften die ersten ihre kalten Füße warm.

Alle schienen vollzählig versammelt zu sein, alle am richtigen Ort. Doch die Minuten zogen ereignislos vorbei. Unverständliche Funkmeldungen wimmerten durch die Walkie-Talkies der anwesenden Mannschaftsmitglieder, bis eine kräftige Stimme die Geräte zum Erzittern brachte und lautstark Funkdisziplin einforderte. Weitere lange Minuten später tauchte ein Beleibter mit seiner überleibten Angetrauten und zwei adipösen Kindern auf, watschelte wie selbstverständlich zum Rest der Touri-Truppe, den Körper manchmal gefährlich nah durch fremden Luftraum expandierend, und beendete somit den Wartemarathon sowohl wortlos als auch schamfrei.

Rettungsboote waren in ausreichender Anzahl vorhanden, für jeden Passagier existierte ein Sitz, Frauen und Kinder zuerst, Gepäck zurücklassen, immer mit der Ruhe, man kennt das. Die Stewardessen und Stewards der Aisha Harmonia versuchten ihr Bestes, die Ernsthaftigkeit und Notwendigkeit der Situation zu unterstreichen, indem sie davon absahen zu lächeln. Allesamt Profis. Martin gefiel das.

Im Flugzeug grinste die Crew gerne glückselig bei ihrer Demonstration des Prozederes für den Fall eines Absturzes oder einer Wasserlandung, eines Feuers an Bord oder irgendeiner sonstigen Form des beinahe sicheren Todes. Beruhigender wäre für Sorck ein narbengesichtiger, einäugiger Bruchpilot in Lederjacke gewesen, der versicherte, dass er Schlimmeres mitgemacht und durchgestanden hätte als diesen Kindergarten, um dann sämtliche Regeln und Verhaltensweisen durchzubrüllen. Lächelnde, gut geschminkte Troposphärenrand-Kellnerinnen oder serviceorientierte Kabinendruck- und Fruchtsaftsommeliers verbesserten günstigstenfalls die Gesamtästhetik des Flugzeuginneren, strahlten jedoch keine Autorität in Sachen Rettung oder Überleben von irgendetwas aus. Optik mochte täuschen, doch die Einschätzung blieb dadurch unangetastet.

Martin wollte Bear Grylls als Steward. Der konnte sicherlich freundlich Orangensaft ausschenken, aber im Notfall auch im Urwald durchkommen mit oder von den restlichen Insassen.

Passagier Sorck passte beim Vortrag über Schiffs- und Personensicherheit nicht auf. Die Crew bemerkte es mit einem Wenn-er-stirbt-dann-stirbt-er-Gesichtsausdruck und entließ die Rettungsbewesteten mit einer Entwarnungssirenenattacke in die verdiente Happy Hour auf Deck drei: Zwei Cocktails zum Preis von einem.

Bootsmann Sorck gehorchte treu und durstig. Er setzte sich mit Aussicht auf das einstweilig flachbrüstige Wasser der Ostsee hin und bestellte fleißig, da die letzten Minuten der glücklichen Stunde bereits angebrochen waren und genutzt werden wollten. Drei verschiedene Cocktails zugleich, was ihm, korrekt gerechnet, sechs Gläser verwässerten und durchfruchteten Fusel einbrachte. In alphabetischer Reihenfolge verschwanden ein Tequila Sunrise, ein White Russian und ein Zombie. Die drei Klone der Getränke vernichtete er auf die gleiche Weise. Ein voller Erfolg. Und dank der Abrechnung über die Kabinennummer konnte er auch nicht sehen, wie viel Geld der Mist kostete. Hier wurde Service noch groß geschrieben. Prompt erreichte ihn eine Werbemail, die ihm Rabatte in Clubs und Bars rund um seinen Heimatort anbot.

Angeheitert, aber zu seinem Unmut nicht volltrunken, seekränkelte Weingeistbeschwörer Sorck durch die gläserne Flügeltür der Bugbar und eine Treppe hinunter in den Maulwurfsbau des Schiffsinneren, das mit Teppich ausgelegte Gekröse der Aisha Harmonia, hinein. In den Tunneln herrschte Dunkelheit, schwankende Funzelfinsternis, unterbrochen von unerträglich hellen Miniaturflutlichtmasten, die aus den Decken und Wänden brachen, aber keinerlei natürliches Leuchten von sich zu geben wussten.

Gefangen wie im Dickdarm eines Wals, beleuchtet von urologischen Instrumenten eines waghalsigen Veterinärs, schwamm und watschelte Expeditionär Sorck mühsam voran, entdeckte linker Hand ab und an Geburtskanäle zum Meer hinaus, Notausgänge für Kotzbedürftige, doch nirgends die Abzweigung zum Wurmfortsatz seiner Kammer, dem Zäkum des Bootes. Der mutige Bezwinger der Wandelgang-Einöden zweifelte nicht an der Möglichkeit, hinter der nächsten Biegung den toten Zwillingen aus *The Shining* auf ihren Dreirädern zu begegnen. Das Horrormuster der Teppiche erzwang derartige Assoziationen. In Kombination mit der schmalen Fensterlosigkeit der Anlage wurde periodisch ein Kleinstraum ohne erkennbares Ende geschaffen, der überall und nirgendwo hätte sein können, dabei kaum merklich schwankte und von schweren Motoren vibrierte.

Nach einer viertelstündigen Martertour sich endlos wiederholender Zimmertüren entlang, gelangte Martin an sein Ziel, seine Kajüte, und wurde von Munchs *Schrei* beinahe niedergerissen. Er gönnte sich fünf Minuten, um in Fötusstellung auf dem Bett zu kauern. Dann war auch schon Zeit fürs Abendessen. Im Grunde war permanent Essenszeit. In den unzähligen Restaurants an Bord konnte man an zweiundzwanzig Stunden des Tages essen, aber nicht gleichzeitig überall, und in Zweien nicht kostenlos.

Die Massenfütterung dieses Abends begann um achtzehn Uhr dreißig und endete zwei Stunden später. Ab achtzehn Uhr fünfzehn lungerten derart viele Passagiere vor den Toren des Hauptspeisesaals, dass kein Durchkommen mehr war. Im Gewühl wurden die Ellbogen ausgefahren. Jeder hatte miese Laune und Angst um das bisschen unwesentliche Anwesenheit auf Erden, das bisschen Unwesenheit, Angst, nicht fortdauern zu dürfen, dem Hungertode anheimzufallen, ob des massenhaften Andrangs von Fressfeinden. Außerdem war dies das erste Abendessen auf hoher See, und daher stand ein besonderer Programmpunkt an: Captain's Dinner.

Höchstpersönlich stieg der leitende Offizier der SSCF Aisha Harmonia von der Brücke hinab ins Gewimmel der Gewöhnlichen und speiste mit ihnen aus den selben Trögen. Ein großes Schauspiel. Liefe plötzlich ein

Lokführer oder ein Flugzeugpilot durch den ihm unterstellten Passagierraum, erntete er geringeren Applaus.

Sorcks Kabine war ein Sitzplatz zugeteilt. Backbord, an der Essensausgabe, an einem großen, runden Tisch voller Fremder, die darauf zu brennen schienen, neue Bekanntschaften schließen zu dürfen und sich Unbekannten aufdrängen zu können. Wortlos aber nickend klemmte Martin sich in sein Sitzloch zwischen einer alten Dame zur einen Seite, und einem kleinen Herren, dessen Augen ziellos suchend durch den Raum wanderten, während seine Arme brav gefaltet im Schoß ruhten, zur anderen Seite. Die Sitznachbarin kaute bereits ohne Essen drauf los, musterte ihn kurz und drehte sich enttäuscht weg. Ihre winzige Handtasche, die sie zuvor auf dem Tisch abgelegt hatte, wuchtete sie auf die von Neuankömmling Martin abgewandte Seite.

Gefasst, beidseitig abgelehnt zu werden, wandte er seinen gesund überröteten Kopf stumpfäugig um.

»Moses Arsonovicz, schön Sie kennenzulernen!«

Moses streckte die Hand aus zum Gruß. Unangenehm überrascht nahm Martin diese und spürte, wie sie lasch unter seinem Druck zerfloss, bis sie seicht und matschig knackte.

»Einen gesunden Händedruck haben Sie da, Herr Nachbar.«

Eine Vorstellung war unausweichlich. Der ewige

Pflasterbrillen-Mitschüler Arsonovicz hatte es auf ein Gespräch abgesehen und würde, davon war Sorck überzeugt, nach diesem Einstieg nicht so bald aufgeben.

Also nannte Sorck Namen, Rang und Dienstnummer. Um sofort klare Verhältnisse zu schaffen, achtete er peinlich genau auf eine desinteressierte Aussprache. Arsonovicz, ein Typ, dumpf wie staubiger Schaumstoff, überhörte den Tonfall und freute sich stattdessen einen Gesprächspartner, potentiell sogar einen Freund, gefunden zu haben. Zu Martins Erleichterung erfuhr er, dass die festgelegte Sitzplatzzuweisung lediglich zur Abendessenszeit und in diesem Restaurant galt. Allerdings war man so oder so an fast allen Tagen mittags an Land unterwegs. Nur am folgenden, dem einzigen vollständigen Seetag, konnte er diesen Vorteil nutzen und sich eigenständig aussuchen, wen er mit seiner Anwesenheit und seinem Schweigen beim Mittagsmahl beehren wollte.

Moses Arsonovicz stellte sich als leidenschaftlicher Überraschungsei-Figurensammler vor. Er hatte das Hobby einst von seiner Gattin übernommen, die einige Modelle, Nilpferde in lustiger Strandkleidung, mit in die Ehe gebracht hatte und sie dann samt Gatten zurückließ, dafür aber den einzigen Freund ihres Angetrauten aus Gründen ausgleichender Gerechtigkeit mitnahm. Wütend war er deswegen schon lange nicht mehr. Enttäuscht jedoch schon, und mehr noch als das: voller Sehnsucht.

Er liebte seine Frau, niemals sprach er von ihr als seine Ex-Frau, auch heute noch von Herzen und wurde tagtäglich an sie erinnert, wenn er bewaffnet mit Staubwedel aus Straußenfederimitat seine Sammlung heimsuchte, reinigte, umsortierte. Auf dieser Reise, die er bei der großen Tombola der Jubiläums-Weihnachtsfeier gewonnen und trotz nicht geringer Unlust nicht abzulehnen gewagt hatte, widmete er einen enormen Prozentsatz seiner Gedanken noch immer den Figuren und seiner heiß, innig und einseitig geliebten ehemaligen Gattin. Größte Hoffnungen setzte er in den Einkauf ausländischer Überraschungseier, um seine Sammlung zu erweitern, sozusagen internationaler zu gestalten, zu globalisieren, und auf diese Weise, das war sein intimer Traum, irgendwann sein Herzblatt zu beeindrucken. Irgendwann würde sie sicherlich vor der Tür stehen, ihre Figurensammlung zurückverlangen – oder dies als Vorwand verwenden, um ihn wiederzusehen – und sich strahlend dankbar zeigen ob der Pflege, die er den Hippos und Schlümpfen und dem anderen Krempel hat angedeihen lassen, ihm im höchsten Maße dankbar und überwältigt vom neuen Ausmaß, der gesteigerten Qualität und dem vorher unerreichten monetären Wert der Kollektion um den Hals fallen. Da war er sich sicher.

Es handelte sich außerdem um eine sichere Geldanlage. Personen, die uns mit intimen Details in den ersten

Gesprächen gewaltsam zu Leibe zu rücken versuchen, hinterlassen einen bitteren Nachgeschmack. Man weiß nicht, ob man lachen oder sie bemitleiden soll, ignorieren oder umsorgen. Martin entschied sich vorerst für das Nächstliegende: Pure Gleichgültigkeit.

Die Anspannung im gesamten Saal war inzwischen deutlich spürbar. Martin gähnte. Ausnahmslos hätte die Meute angegeben, auf dieser Reise wilde Abenteuer erleben zu wollen, doch nicht um jeden Preis, wobei man für ein bisschen Bequemlichkeit gerne mal mehr zahlt, nicht wie in unluxuriöseren Epochen. Sie waren moderne Wandersmänner, Wandersmenschen, auf Ozeanen unterwegs, Rudersmenschen, noch moderner, Dieselmotorenmenschen, die doch nichts selber taten auf ihrer Fahrt, passiv waren, Genießer, wie man sagt, Passivdieselmotorenmenschen, Herumgeschifftwerdemenschen – werdet Menschen! –, vergleichbar Gewandertwerdemännern, auf Sänften getragen und längst nicht mehr fähig, eigenständig zu marschieren. Warum aufrecht stehen, wenn Abenteuer in Rücklage möglich sind? Landstreicher, Hafenstreicher, Ostseestreicher; ohne Geigen, ohne Pinsel hinterlassen sie keine Erinnerungen, sondern nehmen welche mit, rauben der Welt Musik und Bilder, die niemals entstehen. Jemand müsste sie erschaffen.

Alle stierten sie auf das noch abdeckte Buffet und leckten sich die Lippen. Über den Töpfen las Martin sich aus dem Sprachzentrum seines Hirns erbrechend »Büfett« und beklagte den Sieg degoutanter Sprachversimpelung über die Ästhetik der Schreib- und Sprechweise des Originals »Buffet« – das klang doch gleich erheblich sanfter, erheblich geschmackvoller, genüsslicher. Doch vor dem Essen musste der Etikette zunächst Tribut gezollt werden. Ein Tongerümpel aus Trompetengeräuschen erschallte in einem armseligen Versuch einer Fanfarenmelodie ruhmarm durch die günstig erstandenen Wandlautsprecher. Danach herrschte gebannte Stille. Nur das Atmen eines alten Herren knorpelte verträumt zitternd durch die Luft.

Von Weitem hörte man Schritte. Ein Fuß trat kaum hörbar auf, der nächste deutlich lauter. Es hallte. Tok, tok, tok. Etwas näherte sich. Tok, tok. Dann öffneten sich beide Flügel der Eingangstür langsam und quietschend, um den Blick freizugeben auf den hochgewachsenen, blonden Kapitän der Aisha Harmonia, Aron Bas.

Seine linke Hand befand sich am Knauf eines vergoldeten Säbelgriffes, der an einem breiten Ledergurt befestigt war. Leicht gekrümmt stand er, das Gewicht ungleichmäßig auf sein rechtes Bein und die Holzprothese links verteilt, und erlaubte dem Pöbel, seinen voyeuristischen Drang ausgiebig zu füttern. Die majestätische blaue Uniform, die er offen trug, hing ihm schwer von goldenen Toddeln, Epauletten, Orden und

Bändern von den Schultern. Eine Klappe bedeckte sein linkes Auge. Gebannte Stille dominierte den Saal.

Er sog ein letztes Mal genüsslich an seiner geschwungenen Pfeife, schwankte, wohl ein Zeichen seiner trockenen Trunkenheit, und nahm sie dann aus dem Mund. Für eine kurze Weile hielt er das gesunde Auge geschlossen und lächelte vor sich hin.

Plötzlich fuchtelte der Kapitän mit seiner Pfeife herum und eröffnete das Mahl mit den einfachen, elektrisch unverstärkten Worten: »Nichts sei Menschen so unerträglich, sagt Blaise Pascal, wie in völliger Ruhe zu sein, ohne Leidenschaften, ohne Geschäft, ohne Zerstreuung, ohne Hingabe. Dann gewahrt er seine Nichtigkeit, Verlassenheit, Unzulänglichkeit, Abhängigkeit, Ohnmacht und Leere. Unverzüglich wird aus dem Grunde seines Geistes die Langeweile aufsteigen, die Düsterkeit, die Traurigkeit, der Kummer, der Verdruss, die Verzweiflung. Dazu lassen wir, die Crew der SSCF Aisha Harmonia, es nicht kommen. Wir werden Ihre Langeweile mit eiserner Faust brechen und Zerstreuungen bieten, die Sie alles und jeden vergessen lassen. Das Leben kann hart sein, glauben Sie mir, ich weiß es.« Er beklopfte sein Holzbein. »Doch nicht hier, nicht auf meinem Schiff, hier gilt, um es weiter mit Pascal zu sagen: Die Zerstreuung unterhält uns und lässt uns unmerklich, und darf ich sagen: angenehm, beim Tode anlangen. Also esst! Trinkt!«

Kurzer Applaus. Und sie stürmten das Buffet wie Papst Urban II. das Heilige Land.

Im Gedränge stürzten Stühle und Tische, Anwesende wurden Abwesende, Unwesende, verschwanden unter Bergen anderer, weiterhin Anwesender, übergangsweise Zwischenwesender. Urinstinkte und Klischees brachen frei und wüteten hemmungslos.

Sanitäter waren zwar standardmäßig vor Ort, dennoch sollte es am Abend die ersten drei Seebestattungen geben.

Martin Sorck amüsierte sich köstlich und lachte unter den finsteren Blicken seiner Tischnachbarn über das Chaos. Als dann die erste Angriffswelle ihre Preise errungen hatte, mit Filets, Nudeln und Eiscreme eingedeckt zum Platz heimgekehrt, und die meisten Toten und Verletzten geborgen waren, spazierte Logistiker Sorck nonchalant zum Buffet, um die gerade neu aufgetischte Speisenfuhre abzugrasen. Dafür erntete er ein beeindrucktes Nicken von Moses Arsonovicz, der versuchte, es ihm gleichzutun, sich erhob und Essen holte, aber an der Vorstellung unzähliger neidischer, missgünstiger Gesichter, die auf ihn gerichtet waren, beinahe scheiterte. Er hätte im Nachhinein doch lieber auf die nächsten Hungerwelle gewartet. Zitternd befüllte er seinen Teller mit Kroketten und Schweinebraten. Er wagte nicht, das Bier selbst zu zapfen.

Sorck hatte ihn beobachtet und bemerkt, was vor sich ging. Ein zweites Mal machte er sich auf und balancierte ein gehobener Geberstimmung zwei gefüllte Gläser zum Tisch.

Nach ein paar weiteren Bieren und einer Winzigkeit Hauswein (oder in diesem Fall wohl Bootswein) entwickelte Sorck doch noch ein Redebedürfnis und wandte sich Arsonovicz, dessen Namen er bereits vergessen hatte, zu.

»Entschuldigung. Anteros? Alastor?«

»Arsonovicz! Moses Arsonovicz.«

»Ach ja. Wissen Sie, es gibt genau zwei Gründe, warum mir fast all diese Leute hier zuwider sind. Der erste Grund ist, dass sie alle ganz anders sind als ich. Der zweite, dass sie mir alle so ähnlich sind. Beides für sich finde ich schon zum Kotzen. Eine Kombination von beidem aber ist einfach unfair. Stellen Sie sich mal jemanden vor, der im Grunde genau so ist wie Sie, aber gleichzeitig zufrieden. Eine solche Ungerechtigkeit lässt einen beinahe an Gott glauben, oder?«

Ohne Arsonovicz' gestammelte Antwort abzuwarten erhob sich Sorck, legte ihm kurz die Hand auf die Schulter und wankte zu seiner Kabine.

Satt und bedusselt verbrachte er den restlichen Abend vor dem Fernseher: eine Wiederholung des *World Championship Wrestling Tag Team-Turniers Fall Brawl* vom 19.

September 1993 in Houston, das in einer glorreichen Schlacht von *The Nasty Boys,* Jerry Sags und Brian Knobbs gewonnen wurde. An der Wand eine Kalligraphie des Wang Xizhi. Eine Mischung kriegerischen Heldentums und Kunst passend zur Genealogie der schwimmenden Ares-Tochter, der Stiefnichte Apollons und Durchschnittsmenschbeglückerin Harmonia.

Nach erholsamem, quasikomatösem Schlaf der linken Gehirnhälfte und hyperaktivem Wachtraum und -trauma der rechten Hirnsphäre, die zu einem feucht-mentalen Schwitzkasten voller abartig fantastischer und fanatischer Kampf- und Sexsimulationen unter der Zeugenschaft zigtausender Fans führten, in siebenstündigem bettlägerigem Ausnahmezustand aufgrund billigen Alkohols und noch billigerer Geschmackszusätze in alles anderes als billigen Cocktails, wenn auch zwei für einen, erhob sich Held Sorck zu einem weiteren potentiell ereignisreichen Tag auf hoher See in den klaustrophobisch-stylischen Labyrinthgängen der SSCF Aisha Harmonia, irgendwo zwischen den Häfen von Warnemünde und Tallinn.

Zeit fürs Frühstück.

Trotz der urdeutschen Fähigkeit zum Schlangestehen ballte sich erneut eine feiste Menschentraube vor den Toren nach Valhalla, dem Hauptverpflegungssaal des Traum- und Ex-Schlachtschiffes. Sich stilistisch an die Überlieferung von Odins Festhalle klammernd, ließen die Betreiber permanent ein enormes Schwein über offenem Feuer rotieren, wenn sich dieses auch nicht alltäglich wie das Brathuhn aus der Asche wiederbelebte, sondern schnöde ausgetauscht werden musste. Dennoch, und das missinterpretierten viele als Süddeutschland-Hommage, kam der Bierzeltcharakter des Gottvaterwohnzimmers gut zur Geltung und verbreitete eine urige Stimmung, die einen Charme von Saufgelagen und Schlachtenlärm ausdünstete.

Nach einem Offiziersschrei, der Haltung gemahnte, öffneten sich die Tore Valhallas und somit das Buffet.

Aus den Schützengräben ihrer Mägen stürmte die Urlaubsbesatzung auf die Essensstellungen zu, rannte erneut Freund wie Feind über den Haufen und scheute sich nicht, Ellenbogen und Bajonette, sofern vorhanden, einzusetzen. Unterernährter Sorck blieb behutsam zurück, bis sich der Staub gelegt hatte.

Bemüht locker streunte er später in das Langhaus der Krieger, die zwar keinesfalls kriegerisch, aber zum Teil recht abgekämpft wirkten, um sich seinen Platz unter, und hier würde er protestieren, seinesgleichen zu sichern, was sich als schwieriger herausstellte, als anfangs von Sorck vermutet.

Die Tische im ersten Oval um den zentralen Nahrungsaufmarsch waren vollständig besetzt von mehreren kaum auseinanderhaltbaren Familienmassen, die sich ihre Zeit vertrieben, indem sie das eigene Körpergewicht in Marmeladenbroten verzehrten. Die vereinzelten freien Plätze zwischen den Essenden wären lediglich yogagestählten Tetrismeistern zugänglich gewesen, zu denen Martin Sorck trotz ausreichender Freizeit nicht zählte.

Eine Erkundungsmission durch das Feindesland schien unabwendbar.

Unter misstrauischen Mienen näherte sich Sorck den Tischen seiner Mitreisenden, die, sobald sie seiner gewahr wurden, ihre Teller bedeckten wie Klassenstreber ihre Klausurbögen. Mehr als einmal fauchte man ihm giftspeiend entgegen.

Die Minuten verstrichen unter dem Dröhnen seines Magens. Doch schließlich wurde er fündig: der Tisch der Aussätzigen. Jene, die allein reisten oder inzwischen ihre Partner auf die eine oder andere Weise verloren hatten, die Ungewollten, Singles, Suizidal- und Last-Chance-Touristen hießen ihn stumm und ignorant willkommen in ihrem Kreis. Keiner warf ihm einen Blick zu, kein Laut war zu vernehmen. Hier gehörte er hin.

Demonstrativpositionierte Sorck in Ermangelung eines Handtuchs seinen Pullover über einer Stuhllehne, um sein Revier zu markieren, und machte sich endlich auf, Essen ranzuschaffen.

Durch die große Auswahl am Buffet tendierten die

allermeisten Gäste dazu, jenes zu essen, was sie von Haus aus schon kannten.

Bekanntermaßen dient die restliche Nahrung nur zu Propagandazwecken und als Fotomaterial, das nachher an die unteren Ränge der Crew verfüttert wird. Im Dunkel der tieferen Decks darben trübsinnige Tellerwäscher bei exotischen Früchten und den jeweils ortstypischen Spezialitäten, während oben menschlich und genussvoll kiloweise Schnitzel verschlungen wird.

Beladen bis unters Kinn mit Torte, Crêpes und einer aufbäumenden Kollektion diverser Süßigkeiten, kehrte Zuckerschockaspirant Sorck an seinen markierten Stützpunkt im Land der Sozialleprösen zurück.

Allerdings war sein Schützenloch nun wieder fremdbesetzt und der Pullover lag zertrampelt am Boden.

Nicht einer der Ungewollten ringsherum hatte Einspruch eingelegt. Hier galt »Jeder für sich«. Die Mad-Max-Einöde der Schiffsspeisehalle Valhalla verbreitete ihre ganz eigene Kälte und Wildheit. Gewalt scheuten diese Kreaturen einzig deshalb, weil sie eine Form der menschlichen Interaktion darstellte und im schlimmsten Fall Berührungen erforderte.

Resignation machte sich breit.

Als Martin Sorck wieder am Buffet stand, um symbolisch dort im Lichte der Aufmerksamkeit aller stehend zu speisen, hatte er längst die Hälfte seiner

Beladung verloren, teilhavariert bei der Durchschiffung der dumpfesten Feinkostgewässer. Ein Fleckenteppich säumte seinen Pfad. Mit Wut stopfte er mehrere tausend Kilokalorien in sich hinein und verließ anschließend schnaufend die Gefilde.

Es galt frische Luft zu schnappen und, wie es so schön heißt, runterzukommen.

Strahlender Sonnenschein wie an einem irischen Herbsttag hagelte jedem, der es wagte, das Oberdeck zu betreten, faustdick ins Gesicht. Kaum wagte Sorck, durch die Glastür aus dem Schiffsbauch hinaus zu treten, so ungemütlich wetterte es draußen. Kalter Wind stemmte sich versiegelnd gegen den Ausgang.

Ein Stewart, der hauptsächlich seiner weißen Zähne wegen eingestellt worden war, sprintete über das Deck und flüchtete sich hinein. Er versicherte pflichtbewusst und optimistisch, als er die verstimmte Mimik des Gastes bemerkte, das Wetter würde im Laufe des Tages umschlagen. Nach dem aufgesagten Rapport funkelte sein Eckzahn blendend auf.

»Bier also«, sprach Sorck zu sich.

Nie fern schien die nächste Bar auf der Harmonia. Dorthin machte er sich auf.

Da keine zwei-für-eins-Happy Hour anstand, orderte er direkt zwei Gläser Bier und einen Absacker für den Magen.

Nach Steuerbord sprang sein Blick aus dem Fenster und gab sich den Wellen hin. Auf und ab schwappten seine Gedanken. Wie die Bewegungen eines schreibenden Stiftes tänzelte der Urlaubskreuzer über homöopathisch verwässerte, doch zuckerfreie Tinte. Tintenkillerwale schwappten durch seine getrübten Hirnwellen.

Martin dachte an sein qualmendes Zuhause. Ihm fiel ein, dass es zu diesem Zeitpunkt kaum noch qualmen, sondern sich eher in einen rußigen Haufen Matsch verwandelt haben würde, aus dem hier und da ein Tischbein oder eine Schrankwand ragte. Daseinsrestverwalter Martin Sorcks Hinterlassenschaft für die Zukunft starb, noch bevor es ihm gelungen war, selbst zu sterben. Er hatte seinen Nachlass in dem Moment überlebt, als sein Besitz, sein aufgezeichnetes Leben, in Flammen aufging. Und er nicht mit ihm. Eine Heimkehr ins Nichts erwartete ihn. Eine Rückkehr in eine Phase, in der er all das, was er verlor, noch gar nicht besessen hatte. In unserer Erinnerung zählen wir Zeit nicht mithilfe von Kalendern, sondern rechnen sie um in Werke und Erlebnisse. Nur völlig leere Existenzen rechnet man in Besitz um.

Die Ergebnisse der Arbeit, so nichtig sie gewesen sein mag, etlicher Jahre, so nichtig sie gewesen sein mögen, waren vernichtet und somit der Richtwert der Jahre an sich. Die Skala war zusammengebrochen. Der Wert stand bei Null. Sein Standpunkt schien wieder der eines jungen Menschen zu sein, der noch eine Menge vor sich hatte. Doch war er nicht mehr jung und sah auch nichts mehr vor sich.

An seinem Gedankengang klebte ein bitter schäumendes Gefühl von Verlust.

Leider verlor er die Zeit nicht gleichsam mit den Dingen, die diese Zeit ausgefüllt hatten; sein Dasein annullierte sich nicht mit dem Verschwinden seines Werkes, brannte nicht mit der Konsequenz einer Zündschnur zum Ausgangspunkt der Listenschreiberei zurück, sondern schien ihm plötzlich nach vorn gesprungen, ihm entsprungen zu sein. Ein Reset auf Werkseinstellungen war ausgeschlossen. Er war nach vorn geschleudert worden, millimeterweise, Sekunde für Sekunde, ohne etwas zu bemerken. Plötzlich war er alt geworden. Auf einmal, dünkte ihm, saß er auf einem Schiff voller Fremder, ganz allein, und wollte nach Hause. Aber dieses Zuhause existierte nicht mehr. Der lethargische Frieden seiner Heimstatt war den Funken preisgegeben worden und ihm blieb nichts als der Countdown seiner Tage auf See, die für ihn zwangsläufig im Nichts, bei Null, an der Klippe am Ende der Welt, dem letzten Absturz enden mussten.Fünf, vier, drei… An den Werdegang schloss kompromisslos der Vergang. .

Die Auflösung aller Verbindungen zur Welt beginnt stets mit dem Lösen der Fesseln, die uns an Verantwortung und Gewohnheit binden. Keine Hoffnung zu besitzen, bedeutet frei zu sein.

Was Hermann Hesse in der Depression kurz vor seinem fünfzigsten Geburtstag verstand, dämmerte nun auch Martin Sorck. Fernab von Maskenbällen und Freunden, um diese zu besuchen, entschloss er sich, seine Freiheit erst einmal alleine und mit mehr Alkohol zu begehen in einer Stimmung (und dieser Punkt ist der weitaus wichtigste), in der ihm vorerst nichts mehr etwas anhaben konnte.

Blitzartig zuckte die Erinnerung durch seinen halbkahlen Schädel, wie er sich als Teenager die Diagnose Krebs – ein weiterer Countdown; Prognose: noch ein Jahr zu leben – herbeigewünscht hatte, um sich um nichts mehr kümmern zu müssen, um frei zu sein für eine Weile, um tun zu können, was er wollte, bevor er endgültig alle Konsequenzen hinter sich lassen durfte. Es ging ihm nicht darum zu sterben, sondern richtig zu leben.

Ungeübt in Fragen der Freiheit und scheu in seiner neu gefundenen Rolle, bewegte er sich vorerst nicht vom Fleck und wartete auf besseres Wetter. Doch auch das gehörte zu seinem neuen Selbst- und Weltbild: Er konnte tun, aber auch lassen, was er wollte.

Martin Sorck fläzte sich in einen Sessel und trank in ungewohnter Ruhe sein Bier.

Mittags suchte er kurz vor Schließung eines der Restaurants auf, aß, was noch übrig war und spazierte davon, ohne dass jemand von ihm Notiz genommen hatte. Seine Bierseligkeit ließ ihn lautlos wie eine Motte durch die Korridore schweben.

Als das Wetter am Nachmittag tatsächlich aufklarte und eine verwirrte Sonne die Ostsee mit Ostafrika verwechselte, tänzelte Sorck vergnügt auf das Oberdeck und fand zu seiner Überraschung eine gut positionierte und noch nicht besetzte Sonnenliege, die er kurzweg annektierte und mit seinem Handtuch beflaggte.

Ein Poolboy oder Derartiges, ein Traumschiffklischee in weißen Shorts, brachte ihm auf seine Bestellung hin unterwürfig einen Cuba Libre.

Die Sonne knallte, derweil es um Martin langsam dämmerte. Entspannt, endlich mal entspannt, schaute er sich um und versuchte, niemanden voreilig zu verurteilen, was dank Rum und Cola gegenwärtig nicht völlig misslang.

Im Pool planschten vergnügte Kinder und griesgrämige Alte, turtelten verliebte Paare und verheiratete, trieben hier und da Haare und kleine Fetzen Plastikmüll wie zerknittertes Glas umher. Hinter einem Holzzaun, durch den permanent Gaffer unauffällig zu spannen versuchten, versteckte sich die FKK-Bevölkerung. Am Heck vergnügten sich hippe Jungerwachsene beim Wasserski.

Die Leinen waren an der Reling befestigt und spannten sich in einer langen Diagonalen zum Wasser hinunter. Dort unten versuchten Bikinimenschen und Brusthaartragende menschliche Pyramiden zu bilden, Formationen zu halten und stetig grinsend ihr Vorhandensein werbespotartig zu feiern, als wollten sie Zahncreme verkaufen.

Plötzlich tauchten dunkle Motorboote auf. Wütende Umweltaktivisten griffen unter einer schwarzen Flagge mit Totenschädel, Dreizack und Hirtenstab an. Offenbar hielt man die Aisha Harmonia für einen japanischen Walfänger. In gewagten Manövern nahmen die Ökopiraten den Wassersportlern den Spaß und beinahe das Leben, als sie am Urlaubsdampfer und Pseudo-Walmörder vorbeibretterten. Knapp vor dem Bug kreuzte eines der Boote, zog dabei ein Netz, dessen Ende am zweiten Schnellboot befestigt war, hinter sich her, damit es sich, abgekoppelt von beiden, unter dem Schiff durchziehen und dann in der Schiffsschraube verhedderte. Das Vorhaben misslang nur knapp. Jemand hatte das Netz zu früh gelöst.

Zu einem zweiten Versuch kam es nicht, da inzwischen die Besatzung der Harmonia in unharmonische Stimmung, eine Laune, die ihrem Vater Ares zugesagt hätte, geraten war und ungehemmt das Feuer eröffnete. Während die ersten Salven noch aus versteckt getragenen Handfeuerwaffen stammten, folgten kurz darauf Schüsse aus mehreren Browning M1917 Maschinengewehren, die aus dem Requisitenschrank des Bordtheaters herangeschafft wurden.

Nach erfolgreicher Versenkung der beiden Schnellboote (es wurden keine Gefangenen gemacht) meldeten Späher die Sichtung des Mutterschiffs, von dem aus der Angriff ausging, woraufhin dieses schnell und präzise mit zwei Torpedos zerstört wurde.

Mit dem brennenden Wrack des Feindes hinter sich verkündete der Kapitän persönlich den Erfolg und als angemessene Ehrung der Truppe sowie zur Feier des glorreichen Sieges eine ungeplante Happy Hour an der Poolbar. Jeder Cocktail für vier Euro.

Sorck investierte schlaftrunken zwölf Euro und gab seinem Liegenachbarn, der Schwimmshorts im Hawaiimuster bis über den Bauchnabel gezogen hatte, mit einem anzüglichen Lächeln, begleitet von einem Zwinkern, eines seiner Getränke ab. Homophob angeschwult ergriff der Fremde die Flucht.

Auf diese Weise hatte Sorcks Wohlfühlreich mit geringen Kosten erheblichen Geländegewinn zu verzeichnen. Langsam verstand er, wie der Hase lief.

Ausgelassen und weitestgehend ausgezogen jubilierten die Badegäste in der Pfütze an Deck des Schiffes, das in einer größeren Pfütze schipperte. Spring-Break-Atmosphäre schlug um sich, als quiekende Girlies kichernd Volleybälle durch die Gegend tätschelten und dabei grazil wie großbusige Antilopen auf und ab sprangen. Hypnotisiert beobachtete Gelegenheitslebemann Sorck, wie sich die Plastikträger ihrer Oberteile streckten, sich in das Schultergewebe pressten und wieder lockerließen, derweil zeitverzögert zuerst Füße und dann vorderes Fettgewebe, Brustgewebe, den Anforderungen der Schwerkraft nachkamen, um eine Wellenbewegung von unsinnig erotischer Kraft zu formen. Erst nach einigen Minuten in tiefer Konzentration erwischte Martin sich beim Starren und wischte sich umständlich den Altherrenspeichel aus den Mundwinkeln.

Zeit für einen weiteren Cocktail.

Wiederholt döste Sorck an Bord ein. Ihm war, als hätte er eine bislang unübertroffene Datenmenge zu verarbeiten, überwältigend viele Eindrücke, eine derartige Masse an Bildern gesehen, dass er ungewöhnlich intensiv träumte und erheblich unruhiger schlief als zu irgendeinem Zeitpunkt der letzten Jahre, womit er nicht unrecht hatte. Er wurde wach gerüttelt und wach gehalten. Das machte ihn schläfrig. Die Listen bezüglich seines Schlafrhythmus sowie die Seiten des Traumtagebuchs waren vermehrt monoton und weitestgehend blank, leer, traumlos geblieben. Ab und an ein Aufschrei des Unterbewusstseins, klar, aber das hier war einfach absurd.

Als er erneut an Deck erwachte, konfrontiert mit zugiger Abendkälte, dem unangenehm schweren Schwindel eines sich abbauenden Blutalkoholpegels und der Aussicht auf eine weitere Nacht existenzieller Leere, reagierte er bewundernswert normal: Er zog sich an und suchte eine Kneipe.

Mit dem Handtuch der Liege über die Schultern geworfen, zitternd durch die Kälte und mehr noch nervlichbedingt, kundschaftete Martin Sorck zunächst die Poolbar aus. Wie eine Kirmesbude, schmucklos und hölzern, die ihre bunten Freuden für die Nacht in sich gekehrt hatte, verwehrte die Bar sich gegen den späten Besucher. Der Laden war heruntergelassen und mit einem Vorhängeschloss, fünfundneunzig Millimeter Schlosskörperbreite. nicht zu knacken, obwohl er es kurz andachte, abgesperrt. Eine Umrundung förderte keine Schwachstellen zutage. Es half nichts. Sorck musste sich anderweitig umsehen.

Er hätte ins Schiffsinnere gehen können. Rund um die Uhr wurden die Gäste dort bewirtschaftet. Ihm allerdings war nicht danach. Ein vager Drang zu forschen hatte von ihm Besitz ergriffen. Etwas hielt ihn an Deck, trotz Kälte und geringer Erfolgsaussichten für seine Suche.

Am Pool vorbei bewegte er sich zur Reling. Das Meer war unter dem dumpfen Lärmteppich der Motoren noch zu hören, doch erkannte er es nicht mehr deutlich. Wellenspitzen reflektierten verstreute Lampen und vereinzelte Sterne. In weiter Ferne trennte sich das Dunkel des Himmels undeutlich vom Dunkel des Wassers.

Für Tage, möglicherweise bis zum Ende der Reise, hätte niemand bemerkt, wenn er gesprungen wäre.

Mit der linken Hand an der Reling bewegte sich Martin heckwärts. Als er den Poolbereich hinter sich gelassen hatte, wurde sein Pfad schmaler. Auf der linken Seite klaffte das Meer. Er spürte den Wind rau an den Fingern.

Auf der rechten Seite zog sich eine Wand entlang, kaum eine Armlänge entfernt.

Lediglich alle paar Meter funzelte ein Leuchtkörper in die Nacht, manche gedämmt durch krustige Ablagerungen oder verdeckt von abgestellten Liegen.

Die gestapelten Deckmöbel häuften sich. Einige nahmen so viel Fläche ein, dass Martin sich seitwärts vorbeidrängen musste. Je mehr an die Wand gelehnt war, desto dunkler wurde es. Die Lampen wurden erstickt von Holz und Polstern.

Plötzlich stieß Sorck sich den Kopf. Irgendetwas ragte von der Bordwand bis über die Reling.

Fortan lief er geduckt weiter.

Einmal hörte er das abrupt knarzende Geräusch reißenden Gewebes und musste feststellen, dass sein Handtuch-Cape auf der Strecke geblieben war, hängengeblieben, an einem Nagel vielleicht. Im Dunkel konnte Martin hinter sich nichts mehr erkennen.

Immer schmaler wurde der Gang. Geduckt und

seitlich verdreht, die eine Hand weiterhin an der Reling, die andere tastend ausgestreckt, quetschte Martin sich weiter, zeitweise mit dem Oberkörper über die Reling, etliche Meter unter ihm das Meer, gelehnt.

Überraschend hatte er wieder Luft zum Atmen. Ein weiterer Raum, ebenfalls dunkel, ließ sich vor ihm erahnen. Wind wehte ihm von rechts oben entgegen, feuchte Planken glänzten im spärlichen Laternenfeuer wie das Meer unter ihm, jedoch unbeweglich. Laue Finsternis und nichts mehr zu ertasten für die rechte Hand.

Sicherheitshalber hangelte er sich weiter an der Reling entlang.

Am Ende des Dunkels wurde eine Melodie hörbar, und dann zunehmend lauter.

Schattentummler Sorck taumelte halb verloren über ein glitschiges Deck in Richtung bunter Lichter, die als verschleierter Schimmer in unklarer Entfernung flackerten. Die Melodie von *Bad Moon Rising* verstümmelte angenehm rhythmisch die Stille. Hinter einer Biegung öffnete sich das Schiff und offenbarte sein Inneres: Eine Bar. Endlich eine Bar.

Wie ausgestorben wirkte das Etablissement, hauptsächlich verschuldet von einem ebenso wirkenden älteren Ehepaar, das sich auf der Tanzfläche aneinanderklammerte, unentschieden, ob sie tanzten oder sich gegenseitig stützten. So oder so schien es um Leben und Tod zu gehen. Wie der Schatten eines Geiers umschwebte sie ein Crewmitglied und wirbelte Staub auf, der von ihnen abfiel, während sie langsam ins Unausweichliche hinüber bröselten.

Fasziniert angewidert drückte Sorck sich in großem Abstand an den Tanzenden vorbei und bestellte am Tresen einen doppelten Whiskey. Bedient wurde er von einem gelangweilten Gähnen mit Schlafzimmerblick, Prinz Valium II., und seinen unerträglich langsamen Gliedmaßen.

Entweder war Martin zu früh oder zu spät, definitiv aber zur Unzeit in den Saloon eingeritten, eingeschifft in den Ethanolhafen, der Heimstatt des Weingeistes, denn außer ihm, der zwangsanwesenden Crew und dem mittlerweile auf Hüfthöhe herunter geschrumpelten Todeswalzerduos war keine Seele zugegen.

Eigentlich klassisch, dachte er sich. Ein Mann allein am Tresen: Das Westernpendant zum französischen Spaziergänger im Regen.

Mit einem heftigen Windstoß verpufften die Alten zu einem Kratzen im Hals.

Ein Whiskey später bestellte der Tresen-Cowboy bereits *Bohemian Rhapsody* und präparierte so die Bühne für einen dieser traurigen Auftritte einsamer Männer, die sich an das eine glorreiche Wochenende in ihrer Jugend erinnerten, an dem sie wirklich mal einen drauf gemacht hatten. Die Arme zum Fuchteln bereit, den Nacken gelockert zur gestischen Untermalung und das Gedächtnis ange-, be- und durchfeuchtet wie eine bitter nötige Erwachsenenwindel.

Doch ein Glücksfall, eine kurze Bewusstseinsdurchbrechung stoppte ihn, eine Ablenkung, wie das plötzliche Aufleuchten einer bunten Lampe im Sichtfeld eines Kleinkindes, das gerade im Begriff war zu weinen: Asis.

Waschechte deutsche Vollärsche, Modell Polohemd-Unterbauch-Dekolleté: Die dünnhaarige Kruste über rosaspeckiger Schwammhaut versuchte die Illusion zu erzeugen, dass der Hemdstoff tatsächlich noch Luft hatte, um die Gürtellinie zu erreichen – doch vergebens. Ihre Körper bildeten eine eigenwillige S-Form durch die Hohlkreuzkrümmung als Gegengewicht zum Bauch und die leicht verkehrt geknickten Knie, die in ihren gewaltsam platt getretenen Falschleder-Kegelausflugsschuhen mit Luftschlitzen endeten. Diese Gruppe ließ sich in einem einzigen, von ihrem Gruppenführer, dem Alpha-Asi, gebölkten Diktum vollständig erfassen: »Ein Bier, ein' Kurzen.«

Die restliche Truppe stimmte mit mühsam gehobenen Händen und schwerem Nicken zu. Aufgedunsen wie wandelnde Wasserleichen nahmen sie den Raum vollständig ein und verschlangen wie schwarze Löcher jedweden Stil. Was blieb, war eine weitere Schlagerparty.

In eine dunkle Ecke verdrängt, an das unbelebte Ende der Bar, beobachtete Sorck interessiert und angewidert zugleich das Treiben der Herren. Allmählich imaginierte er sich Biographien für jedes dieser leeren Augenpaare: Bruno, siebenundfünfzig, gelernter Maler und Lackierer, seit mehreren Jahren offiziell arbeitsuchend, da sein ehemaliger Arbeitgeber, ein mittelständisches Familienunternehmen, schließen musste, aufgrund zu großer Konkurrenz durch billige Aushilfskräfte aus Osteuropa sowie schwarzarbeitende Fachkollegen. Er lebte ausgesprochen angenehm von versteckten Sparkonten und häufiger Schwarzarbeit.

Sein Kumpel Wolfgang besaß eine große Miniatureisenbahn und eine teure digitale Spiegelreflexkamera, mit der er heimische und exotische Züge in freier Wildbahn fotografierte, was seine Frau Brigitte vor vielen Jahren noch sympathisch fand – denn »Jungs bleiben nun mal Jungs« –, heutzutage aber zu den etlichen Punkten zählte, mit denen sie ihre Seitensprünge mit Nachbar Karl-Walther rechtfertigte. Sie fände Wolfgang vermutlich wieder interessanter, wenn sie von seinem geheimen Fetisch für Baumwollstrümpfe tragende Hentai-Cosplay-Traps wüsste, den er gelegentlich am Rande von Conventions oder mit gut bezahlten Lustknaben auslebte, wobei er nicht müde wurde, vor sich und den Mitgliedern seines Online-Fetisch-Boards zu beteuern, dass er keinesfalls homosexuell sei.

Daneben stand Helmut. Helmut war ein Furry.

Beide wussten nichts von den versteckten Leidenschaften des anderen trotz einer gewissen Ähnlichkeit in ihrer Exotik.

Eine große Weisheit der Menschen besagt, dass man ihnen nur vor den Kopf gucken kann. Martin Sorck hielt das für gut, weil diese Einschränkung das Leben interessanter machte und alle vor einer Menge Seltsamem, Verstörendem und Widerwärtigem schützte.

Gedankenleser bräuchten einen starken Magen.

Mit weiterhin steigendem Pegel begann Sorck die Stoffe seiner Fantasien-Spinnerei an Barfachperson Nummer zwei, Eduardo – »Schöner Name, schöner Mann«, pflegte er sich den Gästen vorzustellen –, zuständig für die hintere Ecke des Etablissements, weiterzugeben, mit dem sich auf diese Weise ein Gespräch entwickelte, das nur gelegentlich von hysterischem Lachen beiderseits und der Zubereitung neuer Getränke unterbrochen wurde.

Es kam, wie es bei trinkenden Kulturmenschen stets kommt, bald zum Thema Musik. Mit Zustimmung Sorcks schlich nun die Playlist unter Eduardos Kontrolle geschmeidig wie eine Raubkatze von Schlagern über Hits der Siebziger und Achtziger, mit Einspielungen aus den Sechzigern – *Monday, Monday* –, also immer noch Ballermann-verträgliches Material, Schritt für Schritt zu rockigeren Klängen und, als der Altherrenverein einpackte, Black Sabbath, Led Zeppelin und kurz vor Ladenschluss Slayer.

In seiner Jugend hatte Martin jede Woche ein Konzert besucht und Pogo getanzt, bis das Blut gelaufen war. So frei wie damals hatte er sich nie wieder gefühlt.

Wenige Minuten vor Schließung der Bar spendierte Sorck seinem Barmann verschwitzt und vertränt einen Drink. Sie tranken Freundschaft – ganz ohne Ironie.

Mit enttäuschter Miene nahm Feuerwasser-Freediver Sorck kurz darauf den Schließungsbescheid entgegen; Sperrstunde an Deck.

Doch Oberschließer Eduardo zeigte Erbarmen, entschloss sich in den Schließungsbefehl ein Angebot einzuschließen:

Eine Einladung in die Tiefen des Kaninchenbaus.

Das kam für den im Herzen schon ins Bett Verbannten überraschend, doch nahm er mit Freude und voller Neugier den so poetisch formulierten Antrag an, wartete geduldig das letzte Klar-Schiff-Machen der Bar ab und folgte dann Eduardo und den anderen Kellnern in die Eingeweide der sie beherbergenden Stahlgöttin Aisha Harmonia.

Es sollte ein langer Abstieg sein.

Zunächst führte man ihn durch Gänge und Korridore wie jene, die er bereits kannte, doch wurden sie ihm hinter jeder Biegung einen Hauch enger, dunkler und niedriger, bis die Wandergesellschaft in eine Sackgasse gelangte, in der sie zwischen glatt verputzten Wänden lediglich eine quadratische Öffnung im Boden vorfand.

Über eine metallene Leiter mit abgewetzten Sprossen wurde der Abstieg fortgesetzt, nachdem man die Schultern einzeln durch das schmale Quadrat gezwängt hatte.

Anfangs leuchteten noch alle zwei Meter kleine Grubenlampen in den Schachtwänden, doch dann, als die Hoffnung auf das Ende der Leiter längst größer war als der Drang umzukehren, folgte eine Weile nur noch Finsternis.

Plötzlich schepperte Eduardos sonst so weiche Stimme aufwärts durch den Kanal und um Sorcks Schädel herum: »Spring!«

Diese Vertrauensspielchen, dieses blindlings nach hinten in die Arme von Kameraden Fallenlassen, die eventuell gar nicht da waren – denn er wusste genau, dass er selbst es lustig fände, nicht zur Stelle zu sein – waren dem Zwischendeckstahlröhrenalpinisten nie geheuer gewesen. Dort unten könnte der Tod auf ihn warten, dachte er. Dann löste er seine Finger von der Leiter und ließ sich endlich fallen.

Martin Sorck fand sich in totaler Finsternis wieder. Ein hintergründiges Brummen erfüllte den Raum um ihn herum. Die kühle, abgestandene Luft ließ sich nur träge atmen. Bewusst hörte er jeden seiner Atemzüge, spürte jeden Schlag seines Herzens. Schlug es so stark, weil der Abstieg ihn angestrengt hatte, oder lag es an der Dunkelheit? Für einen langen Moment schien sein Puls auszusetzen. Dann holte das Herz sich selbst wieder ein.

Zähflüssig verging die Zeit, doch die Finsternis blieb. Sorck fragte sich, ob er hätte weitergehen sollen. Hatte man ihn allein gelassen? Wohin sollte er gehen?

Vorsichtig streckte er seine Arme ins Leere.

Trieb man Scherze mit ihm? Was hatte er sich nur dabei gedacht, sich herlocken zu lassen?

Seine Kindheit fiel ihm ein: böse Streiche, verschlossene Schranktüren, lauernde Schrecken in dunklen Winkeln. Häufig hatte er damals von Monstern geträumt und auch wenn er nicht mehr an sie glaubte, blieben die Erinnerungen in ihm lebendig. Das Schlimmste, was passieren könnte, sagte er sich, wäre ein schlechter Scherz der Crew. Er wusste, er würde sich furchtbar erschrecken, wenn sie ihn plötzlich ansprechen oder anfassen würden.

Mit angespannten Muskeln und aufgerissenen Augen verharrte er in der Finsternis, wusste nicht, was um ihn herum geschah.

Phobos und Deimos, Angst und Schrecken, schlichen sich ein und bereiteten ihren großen Auftritt vor. Die Antizipation des Schreckens förderte Schrecken. Sorcks Atmung beschleunigte sich.

Hastig schlug er ins Dunkel, tastete wild nach einer

Wand, einer Tür, einem Lichtschalter, einem Feind, nach irgendetwas. Kontinuierlich griff er ins Nichts. Jedes Mal hatte er das Gefühl, nur um Millimeter Dinge oder Personen zu verfehlen. An den Fingerspitzen ahnte er eine Gegenwart, die er nicht greifen konnte.

War das fremder Atem in seinem Nacken?

Plötzlich lag eine Hand auf seiner Schulter. Er zuckte zusammen. Im nächsten Moment entspannte er sich allerdings wieder. Es war Eduardo. Er drehte ihn unter sanftem Druck links herum. Etwas knarrte in geringer Entfernung, dann folgte ein Surren.

War es ein Rad?

Zischend öffnete sich ein Lichtspalt und wuchs. Zusammen mit Musik, die von weit her verloren hallte, und blendendem Halogen-Geflacker kam ein Luftzug auf, den Martin kalt an seiner nassen Stirn spürte. Frisch war diese Luft nicht, jedoch neuer als der Dunst, in dem er noch immer stand.

Als er sich endlich an die neue Helligkeit um ihn herum gewöhnt hatte, erkannte er einen grauen Flur, bevölkert von ein paar entspannten Leuten; all der Schrecken wegen eines Kellers.

Sie traten ein.


Als erwachte er nachts aufgrund akuter Schlafapnoe, schnappte Sorck nach Luft und atmete mehrmals tief ein. Leichter Schwindel umfing ihn.

Erst da bemerkte er, dass er die Luft angehalten hatte. Irgendwo lief Musik. Wummernde Bässe vibrierten durch den Boden. Hier unten gab es keine Teppiche, keine Fenster, keinen Komfort. Eduardo lächelte.

Sie folgten der Bootsvene hinter der Schleuse für eine Weile, liefen um die Kurve und näherten sich dem Ziel: dem Herzen von Mutter Harmonia. Doch noch befanden sie sich in den Vorkammern, den Quartieren der untersten Ränge der Besatzung.

Flure, links und rechts voller schmaler Türen, zusammengeschweißt aus Stahlplatten, kreuzten und verzweigten sich. Doch keine Kälte kam auf. Wie in einem Studentenwohnheim standen alle Zimmer offen, Leute hockten und lungerten bequem in den Fluren und unterhielten sich oder tanzten, Schnaps und Bier ruhten provisorisch auf wackligen Plastiktischchen.

Von Wand zu Wand waberte und verzerrte sich Musik, die den Anschein erweckte, von überall simultan zu kommen, und doch lauter wurde, je weiter sie vordrangen. Der Hall ließ jeden Ton mutieren. Nur Menschen waren hier unten weich genug, um den Schall zu schlucken. Mehrmals bogen sie ab, hielten vorübergehend, um jemanden zu begrüßen, folgten dem schwierigen Pfad hin zur Quelle all dieser wirren Töne.

Tatsächlich schien das Wabern der Klänge sich zu entwirren. Da gelangten sie in eine Halle, höher als die vorherigen Flure und beinahe so breit wie das Schiff. Künstliche Lichter wanderten durch den Saal und über eine Menschenmasse, die feierte und tanzte.

Die Musik war inzwischen so laut, dass man Gespräche nur noch schreiend führen konnte. Alle mit schwacher Stimme waren zum Schweigen oder zum Nicht-Gehört-Werden verurteilt.

Der Gast wurde, seit er hier unten angekommen war, halb ignoriert und halb bewirtschaftet. Er fühlte sich herzlich willkommen, integriert wie zuhause bei Freunden.

Neben Sorck stand Eduardo. Er hatte ihm den linken Arm um die Schultern gelegt und winkte mit dem rechten quer durch den Raum. Martins Blick folgte der Geste, doch er sah nur ein verschwommenes Licht. Schatten tummelten sich in diesem Licht wie riesige, friedliche Motten und wie auf Flügeln tauchte eine Erscheinung aus dem Leuchten auf. Die Bässe pulsierten zeitverzögert. Martin war, als erzittere die Luft, die neblig, dunstig roch und Schlieren zog – wie Wolken aus Salzwasser in Süßwasserhöhlen.

An ihm vorbei sprach eine Männerstimme, die ihm bekannt vorkam, ins Licht. Eduardo begrüßte jemanden.

Ganz kurz war da ein Gesicht, ein kühles Lächeln, ein Nicken?

Sie musterte Sorck gründlich, wandte das Gesicht

wieder ab, schien die Umgebung nach etwas abzusuchen, fand aber nicht, was ihr fehlte.

»Das ist Eva. Eva, das ist das Martin.«

Begrüßungen wurden halb gestammelt und halb verschluckt, Nebensächlichkeiten unter der Wasseroberfläche. Alles schwamm. Dennoch tat er sein Bestes, ihr Gesicht genauer zu erkennen.

Immer war da ein Licht hinter ihr, das ihn blendete. Tat er einen Schritt zur Seite, um ihr Profil zu entziffern, sah er nur blankes Metall, das Sonnenstrahlen reflektierte.

Aufgrund der Lautstärke war es ausgeschlossen, das Gespräch zwischen Eduardo und Eva zu verstehen. Er schien sie um etwas zu bitten oder zu etwas aufzufordern. Fetzen drangen an sein Ohr. Nur wenige Worte konnte er herausfiltern.

»Cocktail… was unser Passagier braucht… sowieso auf einer Reise…«

Währenddessen deutete sein Kellnerfreund auf Sorck. Schließlich gab sie nach.

Auf einem Tisch, der vorher nicht da gestanden zu haben schien, hantierte sie mit Päckchen, Döschen und einer Kreditkarte. Gekonnte Handgriffe, Rascheln, das man nur vermuten konnte, hackende Geräusche, die ausblieben, ein leichtes Kratzen und Klopfen, das auf dem Weg zum Ohr zerfloss. Martin mochte diese Frau.

Immerhin, dachte er sich, umdienerte ihn hier unten

niemand. Nicht hier, nicht im Bauch des Wals, dem Hades aus Stahl, in dem die unwichtigen Seelen aufbewahrt wurden. Diese Dinge waren Oberflächendinge.

Ein Lächeln, Eduardos Lächeln, winkte ihn heran. Menschen waren um den schwarzen Tisch versammelt und tanzten. Sorck war, als hörte er jemanden wispern. Leute mit Flaschen in den Händen grinsten.

»Okay, pass auf, so funktioniert es, nimm eine davon, spül' sie hiermit runter und dann zieh das hier durch die Nase. Auf diese Weise machen wir hier unten unsere Traumreisen.« Irgendwer kicherte. Hinter ihm lispelte jemand kaum verständlich.

»Alice, willkommen zur Teeparty.«

Das Fläschchen in seiner Hand trug ein verschnörkelt geschriebenes Schild: »Trink mich!«

Ein Scherz – offensichtlich.

Die Pille war geschluckt – »Iss mich!«

Ein weißes Kleid. Sie hatte blonde Haare. Sie trug ein weißes Kleid. Die Flüssigkeit geschluckt. Sie schmeckte bitter. Dieses Licht ließ ihm keine Chance.

»Warte kurz, es ist das erste Mal, oder? Keine Panik! Du darfst die Angst nicht zulassen!«

Sie stand dicht vor ihm und nun sah er ihr Gesicht. Hinter ihr war noch dieses Leuchten.

»Keine Angst.«

Ihr schlanker Körper durchstrahlte in sanften Linien das luftige Kleid. Ein Sommerkleid. Hier unten?

Längst hatte sie sich weggedreht, unterhielt sich mit jemandem. Der Zeigefinger deutete zur Decke in einem Kontext, den er nicht verstand. Noch immer dieses Leuchten.

Von einem leichten Lächeln abgesehen trug ihr Gesicht keine menschlichen Makel.

»Achte auf die Musik. Wenn du dich bewegen willst, beweg dich.«

Nun stand sie wieder neben ihm.

Eva gab ihm ein kleines Röhrchen, führte ihn zur Tischplatte. Martin spürte ihre schlanken Finger in seinen Haaren. Sanfter Druck auf seinem Hinterkopf. Er zog das Pulver in die Nase, zog die Nase hoch, wischte sich die Oberlippe ab. Wie im Film.

»Und jetzt? Was passiert jetzt?«

Martin spürte etwas. Sorck erlebte Neues.

Mit einem präzisen Schlag in den Nacken erfolgte die Wirkung. Für einen Moment verschwanden alle Geräusche um ihn herum. Ihm war, als wären seine Ohren unter Wasser, als wäre jeder Klang durch ein kleines Loch hinausgesaugt worden. Wie ein zischend in den Bahnhof einfahrender Zug kehrte die Kulisse wieder.

Die Brennweite seiner Pupillen passte sich an alles an. Exakt konnte er den Raum nicht bloß sehen, sondern erkennen, die Stahlplatten und die Nieten, die ihn zusammenhielten. Ein Schimmer von Rost – zwei Meter neben einer Tür. Alle Kanten waren klar und geschliffen, alle Dinge umrandet, vorgezeichnet und ausgemalt. Das Malbuch der Realität. Unverzüglich erkannte er die Konstruktionspläne, die hinter dem Bau steckten. Blaupausenhaft sah er die Linien verlängert und jedem Part seine Bestimmung, seinen Zweck zugeordnet.

Martin wandte seine Aufmerksamkeit der Musik zu. Wie Peitschenschläge knallten die Töne in exakter Abfolge, mathematisch nachvollziehbar und vorausberechenbar, auf seine Trommelfelle. Der Bass massierte Martin gutmütig. Er verstand. Die Töne sprachen ihn an, die Drogen wirkten und Aktivität war die Folge. Er verstand. Ein Schwirren durchlief die Welt. Seine Augen vibrierten stoßweise. Im Mund breitete sich eine Salzwüste aus, vertrocknete die Lippen, die er sich ständig leckte. Vor und zurück wippte der Kopf, sein Oberkörper folgte.

Nun spürte er die Musik. Er verstand sie wieder anders, wieder neu. Warm wie der Puls seiner Mutter, als er noch sicher war. In ihrem Leib. An ihrer Brust.

Sorck begann zu tanzen.

Die Luft brannte von krachenden Beats und flackernden Lichtern. Um ihn drehten sich Personen, wanderten leuchtende Kegel. Überall zugleich ruhten seine Sinne. Er war ein Chamäleon, eine Küchenfliege, glaubte, den Abfluss im Boden entdeckt zu haben, durch den die Zeit verflossen war. Wie viel Zeit war verflossen? Ihm wurde bewusst, dass sie ihn nichts mehr anging. Es gab sie noch – irgendwo da draußen –, aber hier und jetzt war sie ohnmächtig.

Eva entdeckte er nicht mehr. Schon lange war sie verschwunden. Fremde Menschen, gute Menschen lagen sich in den Armen und freuten sich und tanzten. Einzelne Bilder zuckten auf, drangen in Martins Verstand und wurden selbst verdrängt. Sein Sichtfeld ruckelte wie ein defektes Video. Aber das war gut so. Euphorie umfing ihn, beseelte ihn göttlich, dionysisch.

Im Fluss der Bewegungen schwirrten seine Hände wie Kolibris durchs Sichtfeld. Fasziniert vom Leuchten der Fingerkuppen stellte Martin beiläufig fest, dass alles außer ihm in Zeitlupe floss. Es schossen Erklärungen durch seinen Verstand. Vermutlich, so dachte er, verhielt sich noch alles in derselben Geschwindigkeit wie sonst auch, aber sein Geist arbeitete so schnell, dass alles verlangsamt wirkte. Oder verzögerten seine Sinnesorgane die Daten? War die Übertragung gestört?

Durchgehend schaute er auf seine Finger. Wiederholt vergaß er, dass sie seinem Körper angehörten. Diese Dinge, die so fern von ihm waren, kraft der Gedanken bewegen zu können, machte ihn fassungslos, auch wenn es nur funktionierte, solange er sich nicht darüber wunderte, und nur dann, wenn er es brauchte, nicht, wenn er es vorführen wollte. Da war etwas mit ihm verbunden, das ihm nicht gehorchte, nicht immer. Vor schierer

Faszination stand sein Mund weit offen, während seine Beine unbekümmert weitertanzten. In tiefer Konzentration umgab ihn Stille, akustische Wüste. Dann entdeckte er andere Menschen zwischen seinen Fingern, im Hintergrund. Langsam wurden sie deutlicher. Ihre Körper erinnerten sein Gehirn an etwas.

Mit einem Rauschen brandete die Musik vor und überschwemmte Martin mit Glück. Alles war gut.

Um weiter, noch tiefer, in die Klänge eintauchen zu können, schloss er die Augen. Taumelnd bewegten sich seine Gliedmaßen weiter. Er legte die Kontrolle ab und gab sich der warmen Dunkelheit seines Inneren hin.

Verwirrung durchzuckte ihn. Ein schwarzer Blitz weckte ihn aus der Trance. Schlagartig war sein Leib träger geworden. Etwas hatte sich verändert, derweil er sich in der Schwärze herumgetrieben hatte. Und doch schien ihm nichts zugestoßen zu sein. Er fühlte sich gut, er fühlte sich warm. Lustgefühle durchströmten ihn. Noch immer bewegte er sich, doch anders als zuvor. Ein sanftes Stöhnen drang an sein Ohr. War es sein eigenes? Unentwirrbar umgab ihn ein Chor von Lustgeräuschen.

Martin öffnete langsam die Augen. Eine neue Welt.

Unter ihm räkelte sich eine Unbekannte wunderschön in ihrer Erregung. Jeder seiner Stöße ließ sie sanft auf und ab wippen. Verdreht vor Lust schauten ihre Augen nach innen. Martin hätte weiterhin verwirrt sein sollen oder erschrocken, doch dem war nicht so. Ihre Nacktheit irritierte ihn nicht, seine Nacktheit war ihm nicht unangenehm. An seinem linken Bein rieb etwas. Auch das war angenehm. Er schaute hin und dort lagen zwei weitere und liebten sich.

Die Luft war schwül wie in einer Sauna. Kitzelnd liefen Schweißperlen über die Haut. Die Liebe hatte das bewirkt. So viel war ihm klar. Überall lagen, standen oder knieten sie nun. Sie umschlangen einander, ließen ihren natürlichen Gefühlen freien Lauf. Die vorher so kalten Stahlwände wirkten weicher, rosiger. Aisha Harmonia war wie jedes Schiff weiblich und Martin befand sich im warmen, feuchten Schoß der Göttin. Dankbar streichelte er das glitschige Metall. Dieser Teil Harmonias war ihrer Mutter gewidmet, so wie die phallischen Geschütze an Deck ihrem Vater.

In lustvoller Langsamkeit sogen seine Pupillen alles in ihn hinein. Wenige Meter entfernt saß Eva rittlings auf einem Mann. Zeitlupenhaft schwamm sie sanft auf und ab. Ihr fliegendes Haar wurde von einem Licht vergoldet, dessen Herkunft nicht festzustellen war.

Eine Träne wanderte über Martins Gesicht wie die Kondenswassertropfen über die Wände, denn so viel Schönheit war kaum noch zu ertragen. Ihre Bewegungen waren von einer Vollkommenheit und Hingabe, dass ihm kein Begriff dafür einfiel. Aus den Tiefen seiner Erinnerung tauchte eine alte Definition von Grazie auf.

Katzenhaft und ohne jedes Missverhältnis von Körper und Wille agierten Muskulatur und Lust als eine Einheit. In ihrem Wesen existierte kein Zweifel. Für die endlose Spanne eines Wimpernschlags war sie vollständig. Sie war perfekt.

Als er seine Augen das nächste Mal öffnete, hatte die Welt alle Farbe verloren. Übelkeit und Durst rissen ihm Löcher in den Verstand. Krallen krampften sich in den Magen. Er lag auf dem dünnen Teppich seiner Kabine. Eine schmerzhaft verkrustete Schicht erschwerte ihm das Atmen durch die Nase. Irgendwo war da eine Erinnerung an kräftige Arme und Zimmermädchenkostüme.

Über den Boden schleifend gelangte Schwerzerbrecher Sorck ins Bad. Er kotzte alles aus, was nicht festgewachsen war, aber sein Körper versuchte es immerhin. Eine vollständige Introspektive. Das harte Würgen riss ihm am Gedärm wie eine raue Hand, die ihm in den Hals gestopft wurde und wühlte.

Der Druck des halbtrockenen Kotzens fühlte sich an, als würden die Gefäße unter seiner Gesichtshaut wie Luftballons aufgeblasen werden. Rot und glubschäugig spuckte er Wasser ins Klo, durchzogen von bräunlichen Fäden. Blutgeschmack breitete sich im Mund aus.

Danach fühlte er sich freier. Und wieder wurde es dunkel.

Atme, Mann, atme!

Sorcks Lunge riss an der Luft wie ein Tauzieher beim Tauziehen am Tau. Dieser Untergangsaspirant wusste nicht, was los war, wo er war, warum er sich so beschissen fühlte.

Dann kehrte alles zurück. Verschwommen.

Mit der Erinnerung kam auch das Lachen. Was für eine Nacht. Bilder sprangen so willkürlich aus seinem Gedächtnis und in seinem Verstand herum, wie er selbst noch Stunden zuvor auf der Tanzfläche.

Seit einer Ewigkeit hatte er sich nicht mehr so seltsam gefühlt, so nahe am Puls der Welt, so lebendig. Muskelschmerzen, Durst und Schwindel prügelten ihm nur all zu deutlich die Gewissheit ein, dass er eine körperliche Existenz führte, dass er wirklich lebte.

Für jeden Spaß muss man teuer bezahlen. Ja natürlich, solche Nächte sind verdammt ungesund, aber manchmal eben auch notwendig.

Der Passagier und vielseitig reisende Sorck schaute auf die Uhr: Es war bereits acht. Keine Zeit, über die man bestürzt hätte sein sollen, wenn es nicht acht Uhr am zweiten Reisetag der präzise durchgeplanten Urlaubsfreude an Bord der SSCF Aisha Harmonia gewesen wäre, die an ebenjenem Tag – tatsächlich sogar schon länger als eine Stunde zuvor – im Hafen von Tallinn, Estlands Hauptstadt, eingelaufen war. Touren starteten um acht

Uhr dreißig. Pünktlich!

Der Ausflug war bezahlt und entsprechend irgendwie unumgänglich.

Im Zuge belangloser Gedanken und schwerfälliger Versuche Socken anzuziehen, waren weitere kostbare Minuten verstrichen. Schwungvoll wie ein viel jüngerer Mann sprang Martin auf die Beine. Dann setzte er sich schwindelnd – wie der exorbitant ältere Mann, als der er sich fühlte – lieber noch einmal hin und wiederholte die Aktion gemächlicher.

Nie wieder Drogen! Oder, na ja, wahrscheinlich niemals Crystal Meth?

Zähneputzen, anziehen, im Bordrestaurant ein matschiges Laktosebrötchen abstauben und weiter zur Rezeption.

Acht Uhr dreiunddreißig: schwitzend und keuchend traf Partygrenadier Sorck an der Rezeption ein. Er war nicht der letzte.

Gemächlich füllte sich das pastellfarbene Klischeerund der Schiffslobby zwischen Dekopflänzchen, Wendeltreppe und Fahrstühlen.

Weitere Gäste trudelten bequem bis acht Uhr fünfundvierzig ein. Ungläubig kopfschüttelnd kotzte Sorck in einen Blumenkübel und dachte sich, dass manche Leute keinen Respekt mehr vor der Ordnung haben.

»Sind wir nun vollzählig? Willkommen zur Segway-Tour durch Tallinn!«

Martin stutzte. Er hatte wohl weder das Kleingedruckte noch die Überschriften gelesen.

In schnittigem Windbreaker und militärisch straffer, schwarzer Spandexhose baute sich der Ausflugsleiter am Treppenabsatz auf. Dieser schnieke Typ war von drahtiger Statur, durchbrach diese Optik jedoch frech mit einer passiv-aggressiven Wohlstandsplauze, die außerdem als dankbar angenommener Sichtschutz gegen zu deutliche Abzeichnungen im Spannstoff des Beinkleides – der Berg über der Beule – diente. Doch nichts an ihm deutete so sehr auf Geschwindigkeit hin wie sein aerodynamischer Sturzhelm mit ausladender Verlängerung des Hinterkopfs und Visier aus Plexiglas.

»Wir haben Sie speziell für diese Mission ausgewählt. Die Besten der Besten der Besten. Im Verlauf unseres Ausflugs ist Disziplin oberstes Gebot. Das gilt selbstredend auch für den Funk. Jeder von Ihnen bekommt eine High-Tech-Ausrüstung mit Ear-Piece und allem Pipapo. Radiocheck. Blaue Gruppe, melden Sie sich wie in der Broschüre beschrieben.«

»Blau Eins bereit.«

»Blau Zwei bereit.«

Stille.

»Gottverdammt, Blau Drei! Was ist los mit Ihnen?«

Martin war erfolgreicher Wehrdienstverweigerer und als solcher Fan von Kriegsfilmen, aber das hier fand er albern.

Jeder Teilnehmer bekam einen Sturzhelm, eine Sicherheitsweste mit Reflektorstreifen, die angeblich auch Kugeln abhielt, aber, eine wichtige Bemerkung dazu, anfällig für Messerattacken war, und einen eigenen Segway-Angriffs-Schlitten Blue Leader, so die Bezeichnung des Reise- und Sturmtruppführers, schärfte ein letztes Mal die kleinen Säbel, die an den Radnaben des Leitgefährts angebracht waren.

Martin träumte noch von der vorherigen Nacht, litt unter mehr oder minder sanften Flashbacks und wurde hin und wieder schubweise kichernd aufgemuntert, was nur durch den Reststoffabbau in seinem Organismus erklärt werden konnte.

Um ihn herum hörten seine Kameradinnen und Kameraden aufmerksam ihrem neuen Anführer zu. Direkt vor diesem aufgebaut war die Nordic-Walking-Fraktion der Bordrentnerinnen samt Anhang. Dahinter befand sich die griesgrämige Pizza-Service-Doppelt-Käse-kein-Trinkgeld-Partei. Was die Segways an Motorengeräuschen vermissen lassen würden, ersetzte das Schnauben jener Titanen. Abseits wiederum desinteressierten sich zwei Undercut-Smartphone-Schmalzlocken, begleitet von ihrem Single-Dad, der verbissen hochseetinderte. Alle übrigen Miturlauber waren ganz normale Leute.

Manche verrieben Farbe in ihren Gesichtern, ohne dass Einheitlichkeit erkennbar gewesen wäre, denn die einen bepinselten sich schwarz, die nächsten hielten sich an Wald-Carmouflage, wieder andere an städtisches Grau und schließlich wählten ein paar Ausflügler auffällig bunte Kriegsbemalung.

Ein Mann stierte abseits der Gruppe an die Wand und ohrfeigte sich selbst, um sich für den Ausflug zu motivieren. In seiner Hand befand sich ein fest zusammengerollter ADAC-Reiseführer, den er wie einen Dolch umklammerte. Das Problem einer Urlaubsneurose ist nicht, für Tage oder Wochen die eigene Menschlichkeit abzulegen, sondern danach den entgegengesetzten Pfad wiederzufinden, der in die sogenannte Normalität des Alltags führt, und ihn erfolgreich zu bestreiten.

Keiner der Anwesenden ließ heute etwas zurück. Sie hatten abgeschlossen und nichts mehr zu verlieren.

Die Fremdenlegion der Aisha Harmonia war bereit zum Angriff.

Nachdem alle in einer Reihe vor der Ausstiegsluke aufgestellt waren, musterte Blue Leader abschließend seinen Trupp. Überzeugt nickte er vor sich hin. Dann blitzte eine grüne Lampe neben der Luke auf.

»Go! Go! Go!«

Der erste Tourist sprang in die Ungewissheit estländischen Bodens. Seine Kameraden folgten, ohne zu zögern.

Zwei Buffeterprobte mussten seitlich durch die Öffnung treten – oder vielmehr quellen –, doch änderte das beinahe nichts an der Geschwindigkeit des Ausstiegs und ihrer Entschlossenheit.

Als Sorck gemächlicher als die Sturmtouristen das Landungsboot verlassen hatte, inspizierte er die Formation seiner Mitausflügler. In einem Halbkreis vor ihren Fahrzeugen hockend, harrten sie in ihren Stellungen aus, bis neue Befehle folgen würden. Angespannt starrten sie auf eine Hafenödnis aus Containern, Möwen und Bezahltoiletten. Ein Souvenirshop erhob sich drohend am Horizont. Blue Leader meldete sich über Funk.

»Blue Leader an Blaues Team, aufsitzen!«

Die gemischtgeschlechtliche Mannschaft zog sich zu den Segways zurück. Man gab sich auf dem Weg gegenseitig Deckung, dann startete die Tour.

In Höchstgeschwindigkeit bretterte das Trüppchen durch den Hafen. Crewmitglieder der Harmonia hatten die Ringstraße um Tallinn gesperrt und stoppten vorbeikommende Autos. Sandsackbarrikaden und Panzerbarrieren waren an den Ampeln aufgestellt worden. Die Vorhut hatte ganze Arbeit geleistet. Ein verbündeter Hop-On-Hop-Off-Rundfahrtbus kurvte Slalom durch einen Parcours aus Betonblöcken, bevor die Busunterseite nach versteckten Sprengvorrichtungen abgesucht wurde und er passieren durfte. Es hieß, dass Schnellboottruppen bereits in der Nacht, als die meisten Passagiere noch geschlafen hatten und Martin gerade völlig zugedröhnt irgendwelche Hochwasserstewardessen gepimpert hatte, angerückt seien, um den ersten Widerstand durch Sabotageakte und gezielte Tötungen zu brechen.

Stoßtrupp Blau machte in der ersten Phase der Hauptinvasion ebenfalls keine Gefangenen. Eingeborene, die aus böswilliger, terroristischer Absicht – oder versehentlich – in den Fahrtweg traten, wurden gnadenlos über den Haufen gefahren und noch währenddessen fotografiert. Im Nu waren die ersten mittelalterlichen Festungsabschnitte passiert und eingenommen. Die Segways polterten und sprangen in vollem Tempo über jahrhundertealte Pflastersteine, glatt gewetzt von Eselskarren und Fußgängersohlen. Schlingernd und springend vibrierte der Boden durch Sorcks Beine in seinen Magen: er kotzte in voller Fahrt auf mehrere Schaufenster. Dann wurde ihm schwarz vor Augen und er sackte zusammen wie ein aufgeschlitzter Gymnastikball.

Mit einer leichten Kopfverletzung bestieg er kurz darauf wieder sein Gefährt und holte den Rest der Truppe ein. Nicht alle Details des Tages überlebten in seiner Erinnerung, aber, wie das so ist, wenn man Spaß hat, Fetzen und Blitze von Bildern – und manchmal Schreie – blieben haften, alles Weitere ertrank im chemisch strapazierten Saft des Zellgewebes. Es musste weitergehen.

Die Altstadt musste so schnell wie möglich erreicht und gesichert werden.

Heftige Gegenwehr wurde nicht mehr erwartet, da Angriffe wie dieser bereits seit Monaten beinahe täglich stattfanden und der Feind, die Be- und Heimgesuchten, mittlerweile zermürbt und ausgelaugt war. Aus den Augenwinkeln sahen die Segway-Soldaten Figuren an den Häuserfassaden, die Heiligen, Schnitzereien, Kirchen und hinter den Fenstern kauernde Anwohner.

Nach dem Urlaub würde Gelegenheit sein, um Fotos und Videos zu sichten. Notfalls konnte man immer googeln, wo man gewesen war. Priorität hatte vorerst die Mission.

Nur an einer Stelle begegnete Sorcks Todestrupp Touristen eines anderen Kahns der Aisha-Armada, von denen mehrere humpelten. Ein Touri mit Verbänden über brandigen Wunden wurde auf einer Bahre transportiert, ein weiterer schrie hysterisch und konnte kaum noch von seinen Kameraden gebändigt werden. Der letzte Veteran grinste Martin kalt ins Gesicht und wisperte: »Urlaub ist die Hölle.«

Dann zündete er sich einen Zigarettenstummel an, den er vom Boden aufgelesen hatte, und zog lachend weiter.

Noch ein paar Minuten zuvor hatte sich der Veteranentrupp mit den tapferen Verteidigern des Tallinner Museums der Ritterorden geschlagen. Im Namen des Herrn und der Ehre ihrer Monarchen hielten die Recken ihre vitrinenüberladene Pastellburg stolz und ohne Zaudern. Sie verschanzten sich hinter Hartholztischen, ließen keinen einzigen Aisha-Touristen passieren und vertrieben die Barbaren aus ihren Hallen. Erst nach langem Beschuss entschieden sie sich einen letzten Ausbruch zu wagen. Der Kampfschrei »Deus vult!« begleitete sie in die Schlacht. Sämtliche Verteidiger wurden niedergemacht. Schutzlos löste sich die private Ordenssammlung auf, derweil fröhliche Brandschatzung wütete. Die Souvenirs des Tages waren blutbefleckt.

Bis zum Mittag waren sämtliche Sightseeing-Hotspots eingenommen. Das Museum, aus dem die Verletzten gekommen waren, brannte lichterloh. Verzerrte Stimmen drangen durch die Flammen.

Es heißt, manche Urlauber könnten die Schreie noch heute hören.


Es war Zeit, Essen zu fassen. Schon wieder.
Blue Leader kommandierte seine abgekämpfte Einheit zu einem gemütlichen, kleinen, typisch estländischen Restaurant.

»Abgesessen!«

Vor dem Eingang ließ er sein blaues Team in einer

stillen Schützenreihe der Wand entlang Aufstellung nehmen. Sie duckten sich unter den Fenstern, um nicht frühzeitig entdeckt zu werden. Sämtliche Waffen waren entsichert und bereit. Stille Anspannung forderte die knurrenden Mägen der Truppe bis zum Letzten.

Aufmerksam schweifte Blue Leaders Blick nach links, dann nach rechts. Alle Augen waren auf ihn gerichtet. Nur die ersten beiden, direkt am Eingang, konzentrierten sich einzig auf ihr Ziel. Plötzlich ein Nicken von Blue Leader. Bewegung. Ein doppeltes Klopfen auf die Schulter des jeweiligen Vordermanns. Der erste Fronttourist riss die Tür auf – sein Kamerad warf eine Blendgranate hinein –, schnell wurde sie wieder geschlossen. Peng! Drinnen stöhnte jemand auf, Fensterscheiben barsten.

Koordiniert alle Ecken sichernd und unter lautem Geschrei stürmte die abgesessene Segway-Kohorte ins Restaurant.

Als Sorck eintrat, lag ein Kellner am Boden, die Arme mit Kabelbindern auf dem Rücken fixiert. Jemand kniete ihm im Kreuz.

»Wir haben nicht reserviert. Ich hoffe, Sie werden uns dennoch unterbringen können.«

Mehrere Tische wurden annektiert, Essen beschafft und Pause gemacht.

Die Mahlzeit war hervorragend – Blutwurst mit Sauerkraut.

Nach dem Essen brachte der Kellner vorsichtig ein schwarzes Ledermäppchen. Als er sich wegdrehte, wischte Blue Leader die Rechnung vom Tisch. Der Kellner zuckte zusammen.

»Hoppla. Das war ein Versehen. Könnten Sie das für mich aufheben?«

Langsam und wortlos beugte er sich hinab und griff nach der dunklen Mappe. Plötzlich erhob sich Blue Leader und trat ihn mit voller Kraft. Mehrere Touristen sprangen auf und begannen umgehend, auf den Niedergestreckten einzutreten.

Es gab Blut zum Dessert.

Nach einer langen Minute und etlichen Tritten unterbrach der Touritruppführer die Gewaltorgie.

»Das geht auf Rechnung der Aisha-Reisegesellschaft. Ich trage nicht so viel Bargeld mit mir herum, ganz besonders nicht hier. Du merkst doch, wie gefährlich die Gegend ist. Für wie dumm hältst du mich, du undankbarer Wurm? Denk gefälligst mal an all das Geld, das wir in euer schäbiges Land bringen und hör auf so armselig zu jammern! Ohne uns wärt ihr gar nichts, GAR NICHTS!«

Man ließ den Kellner schluchzend und blutend liegen.

Martin hatte erstmal genug. Er war ein Erholungssuchender wie andere. Wer jedoch Verspannungen nicht ablegt, sie nicht abdampft wie warmes Wasser, sondern weitergibt wie eine bleierne Röntgenschutzweste, ist kein Erholungssuchender, sondern ein Erholungsnehmender, Erholungsräuber, ein Erholungsvampir, der Opfern die Energie entzieht, die ihm selbst fehlt, nicht sich erholt, sondern andere entholt, ein Entholender, Aushöhlender, jemand, der die Welt leerer hinterlässt, als er sie vorgefunden hat.

Er beschloss, sich draußen wegzuschleichen, sobald sich die Gelegenheit bot, sich unerlaubt von der Truppe zu entfernen und die Stadt auf eigene Faust zu erkunden, auch wenn er auf diese Weise von Blue Leader nicht mehr erfahren konnte, in welchem Jahr die jeweiligen historischen Ruinen errichtet worden waren – »zu Ihrer Rechten hätten Sie sehen können…« –, die aktuell unter Beschuss standen.

Derweil der Streitwagen-Stoßtrupp der SSCF Aisha Harmonia sich unter lautem Kriegsgeschrei in Bewegung setzte, setzte Martin sich ab. Eine frühe Rückkehr zum Schiff schloss er aus, da zu vermuten war, dass alle Deserteure als Part des All-Inclusive-Paketes kompromisslos und ohne Prozess erschossen würden.

Sicherheitshalber behielt der Abtrünnige seinen Funk eingeschaltet, um über alle Truppenbewegungen unterrichtet zu sein und zu wissen, ob sein Fehlen bemerkt würde.

Dass Ausflügler, jungfräuliche Sturmtruppler, auf der Strecke blieben, wurde sicherlich einkalkuliert, wenn neuer touristischer Raum erschlossen, neue Hotels annektiert und neue Angestellte unterworfen werden sollten. Hier zählte das Gesamtbild: globaler Tourismus! Erst wenn jeder Winkel der Erde für jeden zahlungskräftigen Kunden bereisbar war, konnte man von Geschäftserfolg sprechen. Um dieses Ziel zu erreichen, waren Opfer unvermeidlich, Regierungen mussten destabilisiert und Widerstände gebrochen werden. Subversiver Öko-Tourismus, spionierende Urlauber, die ihre Erfahrungen in sogenannten Urlaubsportalen an Mitstreiter weitergaben, die in feindliche Gewässer eindrangen, um Sportangeln oder Windsurfen zu können, der Vormarsch der kameratragenden Heerscharen, die jeden noch so versteckten Winkel ablichteten, waren alle Teil des Plans. Erlebnis- und Abenteuertourismus brachte Urlauber – natürlich samt Fotoapparaten – bis in nordkoreanische Gefängnisse hinein, wenn auch selten wieder heraus. Manche Länder, die diesen Trend zu spät bemerkten, versuchten im Eiltempo ihre Industrie von Stahl auf Andenken umzustellen, ihre Kulturgüter nicht mehr abzureißen, sondern zu erhalten, um sie ausstellen zu können, ja sogar abgerissene Sightseeing-Objekte wieder aufzubauen, die Ruinen in bunten Farben zu beleuchten oder ganz neue Punkte zu schaffen, an denen sich die endlosen Horden herumstreunender

Trip-Advisor-Heuschrecken versammeln konnten.

Martin war zu friedlich für weltgeschichtliche Umbrüche.

Er hatte keine Lust für den Profit anderer zu kämpfen, was doch schon mal mehr ist, als mancher in moralischer Hinsicht zu bieten hat.

»Scheiß auf die Idioten!«

»Hier Blue Leader, was war das? Bitte wiederholen – over.«

Nach all dem Lärm, Geschrei und Geballer sehnte Martin sich nach Ruhe und Frieden. Zu viel Aufregung verkraftete er nicht gut. Dies galt besonders nach harten Nächten wie der letzten.

Auf seiner taktischen Karte entdeckte er eine Kirche, die Alexander-Newski-Kathedrale, nicht fern von seiner Position und entschied, dass sie genau das sein könnte, was er jetzt brauchte.

Durch enge Gassen, bemüht nicht von Touristen erspäht zu werden, kopfsteinpflasterte Martin aufs Ziel zu.

Zwischen Häusern tauchte mehrmals, doch stets nur für den Bruchteil eines Augenblicks, die Kathedrale auf. Er wusste, dass er sich näherte.

Dann plötzlich öffnete sich ein weiter Platz unter freiem Himmel, überraschte ihn mit Helligkeit und gab die Sicht frei auf die Kirchenrundungen. Schwung über Schwung wuchsen Bögen, Wellen, Rundtürme und Kuppeln. Weißer Stein betonte jede Linie wie Pinselstriche. Kreuze bildeten den Abschluss jeder Erhöhung wie Steine auf Grabhügeln.

Martin Sorck hielt sich respektvoll an die gängige Etikette und betrat das Kirchenschiff unbehelmt und schweigend. Einen Moment lang überlegte er, sich zu bekreuzigen. Dann jedoch war der richtige Zeitpunkt vorbei – das Bild eines alten Bekannten, der auf dem Bürgersteig auf ihn zukam, den er begrüßen oder ignorieren konnte, tauchte in seinem Geist auf –, er hatte zu lange gezögert. Außerdem wäre er sich heuchlerisch vorgekommen, sogar lächerlich, wäre er seiner Eingebung gefolgt.

Die Kathedrale beherbergte die ersehnte Ruhe, die Martin jedoch auch bedrückte. An den Kontrast musste er sich erstmal gewöhnen.

Da bemerkte er, dass die Stille unter anderem vom abgebrochenen Funkkontakt herrührte und damit Funkstille war. Lag es nun an den dicken Außenwänden oder am verwendeten Edelmetall um ihn herum, der Empfang war gleich null.

Zur Atmosphäre einer Kirche gehörte zwar immer andächtige Ruhe, doch empfand Martin es als ironisch, dass ausgerechnet dort kein Funk zustande kam. Im Grunde, so meinte er, hätte ein Gotteshaus eine

Relaisfunktion haben müssen. Kathedralen als christliche Funkverstärker. Für eine bessere Verbindung durch direkten Kontakt – transzendental abgesichertes LAN statt wackligem WLAN – kamen Kunden dorthin. Gott hört dich besser, wenn du in seiner Filiale betest.

Oder handelte es sich um eine Frage der Priorität?

Wurden Gebete aus Kirchen bevorzugt? Existierte religiöse Netzneutralität nicht für Christen?

Er setzte sich auf eine leere Bank und versuchte Genuss zu finden in all der gähnenden Heiligkeit. Vorne ein Altar – Gold, Holz, Stein, noch mehr Gold – und an den Seiten Säulen, Bilder, Gold, Holz, noch mehr Gold.

Als sein Blick nach oben wanderte, erwartete er weitere teure und alte Materialien, fand diese auch, jedoch in schockierend andersartiger Form.

Mit Schrecken entwichen ihm Atem und Mut. Seine Beine hielten geleeartig am Untergrund fest, derweil das Herz zu fliehen versuchte. Ein kaltes Kribbeln wanderte die Wirbelsäule hinauf und wuchs wie knorriges Geäst ins Gedärm. Die Übelkeit war zuerst da. Dann folgte die Schnappatmung. Kalt und fremd begann das Hemd am Körper zu kleben. Druck baute sich drängelnd hinter den Augen auf. Er bemerkte nicht sofort, dass seine Finger die Knie umgriffen und seine Handballen kräftig vor und zurück fuhren, während er mit dem Oberkörper wippte.

Als er dann seinen Zustand realisierte, kämpfte er angestrengt dagegen an, zwang seinen Atem zu einer Pauseund atmete dann langsam und bewusst weiter. Seinem Körper missfiel der Widerstand, durch den nicht genügend Sauerstoff hineingelangte. Unkontrolliert schnappte Martin mehrmals nach Luft und musste plötzlich gähnen.

Schleichend beruhigte er sich.

Der Herr persönlich schaute auf ihn herab. Ein übermenschlich vergrößerter Jesus an einem gigantischen Kreuz hing diagonal an Stahlseilen von der Decke und richtete seinen gewaltigen, schmerzverzerrten Augenapparat auf Martin.

Detailliert waren sämtliche Verletzungen, das vollständige Leidenspaket, herausgearbeitet, die sich in Pose und Gesichtsausdruck vollendet zeigten, sich unabwendbar auf den Betrachter übertrugen und aussagten: »Ich bin für deine albernen Sünden gestorben, also benimm dich gefälligst!«

Martin fühlte sich ertappt.

Schuld ist das Grundprinzip des christlichen Glaubens, daran erinnerte er sich nun, denn auch Martin war getauft und hatte die Kommunion erhalten, ob sie nun heilig war oder nicht, hatte Glückwunschumschläge mit Geldgeschenken kassiert und danach nie wieder eine Messe besucht. Dafür gab es zwei Gründe. Erstens war ihm klar geworden, dass ihm ein Kirchenbesuch nicht noch einmal Geld oder Geschenke einbracht hätte – eine oder mehrere Hochzeiten hatte er damals kategorisch ausgeschlossen – und zweitens hatte er seinen Glauben an Gott im Rahmen der großen Glaubenskrise im Hochsommer seines vierzehnten Lebensjahres auf dem Balkon eines Hotels auf Mallorca verloren.

Trotz seiner Reaktion auf diese spezielle Kirche, hielt er sich im Allgemeinen recht gern in Kirchen, Domen und Artverwandtem auf, obwohl und weil sie ihm eine gewisse Furcht einflößten, ihm Zweifel zuflüsterten, ob nicht doch etwas dran sei an Religion, Glauben, Gott und Verdammung, denn schließlich konnten Menschen nicht massenhaft falsch liegen.

Lange brauchte er nie, um festzustellen, dass eben doch derart viele Menschen falsch liegen konnten und dies regelmäßig und leidenschaftlich taten.

Vom Jesusschock beinahe erholt, erhob Martin sich, um sich weiter im Gebäude umzusehen und doch noch jenen stillen ästhetischen Genuss zu finden, für den er ursprünglich hergekommen war.

Wohin er im Schiff auch ging, der richtende Blick des Gekreuzigten verfolgte den Kirchgänger, um ihn an seine Schuldigkeiten zu erinnern.

Bitter musste Sorck feststellen, dass ihn dieser Blick aller Wahrscheinlichkeit nach von diesem Schiff aufs nächste, die Aisha Harmonia, verfolgen würde. Ein waschechter Eigenbrötler wie er kannte seine Psyche und all die kleinen Fallen, die er besser vermeiden sollte, aber doch ständig wieder auslöste.

Manchmal war es ein Gefühl und manchmal erkannte er, dass die Überlegung selbst, die Frage, ob ihn ein Erlebnis verfolgen und quälen würde, sich festfraß und für Verfolgung und Qual sorgte. Die Befürchtung, dass er schlecht träumen würde, echote in der Nacht und transformierte sich zu einer Bestätigung in Form schlechter Träume. In seinem Verstand arbeitete eine brutale Maschine sich selbst erfüllender Prophezeiungen, die Angst vor Ängsten in Ängste verwandelte.

Als Antagonist zu Zombie-Jesus, der schwer verwundet am privaten Lattenzaun herumkraxelte und wildfremden Leuten Schuldgefühle zuflüsterte, verstaubte in einer Nische eine Holzfigur, die im Gegensatz zu den meisten Gegenständen nur partiell vergoldet war. Eine Frauengestalt in langer, heller Robe erhob den schlanken Zeigefinger ihrer rechten Hand und deutete auf zwei Vögel, die über ihr flogen. Einer von ihnen war wiederum mit Gold überzogen, der andere, dunklere, nicht. Strenge dominierte das Gesicht der Heiligen und dennoch hatte Martin das Gefühl, ein sanftes Lächeln auf ihren Lippen zu sehen, ganz so, als nähme sie ihre eigene Strenge nicht für voll.

Unter dem linken Arm hielt sie einen Wasserkrug – oder war es ein Weinfass?

Am Sockel der Statue las Sorck »Terrae Mater Umidae« und einen kyrillischen Namen, den er nicht erkannte.

Ihn beruhigte das Bild der Heiligen. Zugleich verband er mit ihr eine Erinnerung, die er nicht klar abzurufen wusste. Ihre Wirkung und ihre Menschlichkeit kamen ihm bekannt vor.

Sie erfüllte ihn mit einer Stille, die noch nichts Besonderes an sich hatte, aber angenehmer war als, sagen wir, der emotionale und geistige Brechdurchfall, den Sorck sonst zu häufig durchlebte und der sich dank fatalistischer Sprachlosigkeit stets nach innen ergoss. Ein kleines bisschen scheißnormale Seelenruhe konnte in Relation zum sonstigen Chaos einer Erlösung gleichkommen. Aus solchen Gründen griffen Menschen zu Drogen.

Auf dem Weg nach draußen begleitete ihn die neu gefundene Beruhigung. Für den Moment war er frei.

Martin schwang sich auf sein Gefährt und rollte weiter in Richtung Glorie und Seligkeit: Er hatte Lust auf Erdbeereis, also ging er Erdbeereis essen.

Schon von Weitem sah er den Besitzer der ersten Eisdiele, mit Metalllöffel und Schrotflinte gewappnet, bereit zur Verteidigung, hinter seiner Kühltheke stehen. Also entschied Martin, weiterzufahren, da er nicht als vermeintlich aktiver Invasionsteilnehmer niedergemacht werden wollte.

Dieser brave, dieser bärtige, dieser hart arbeitende und klischeebelastete Mann war dem Touristenansturm aus seiner italienischen Heimat hierher entflohen, nur um die gleiche Tragödie noch einmal erleben zu müssen. Doch diesmal war er zu allem bereit.

*Gelato o morte! Eiscreme oder Tod!*

So malte sich zumindest Sorck die Situation aus.

Und wenn auch zurechtgelegte Fiktionen nur selten mit der Realität übereinstimmen mögen, was freilich in ihrer Natur steckt, sind sie doch meist interessanter, also bleiben wir bei dieser Version. Dass das Leben Geschichten schreibe, die sich niemand ausdenken könne, glaubte Sorck übrigens nicht eine Sekunde seines behüteten Daseins.

Touristisch ausgezeichnet unterwandert und reif zur Übernahme bot Tallinn Kaperstreitwagenfahrer Martin Sorck einige Meter hinter der ersten, leider recht wehrhaften, eine weitere, aufgeschlossenere oder bloß fatalistischere, in Willfährigkeit gebombte Eisdiele. Das Personal des Gelato-Etablissements in Familienhand erzitterte vor Martins Erscheinung und warf sich ihm gefügig vor die Füße, auf den blank gewischten Boden – schwarz-weißes Karo, ein Schild: »ettevaatust liebe«: Vorsicht rutschig. Offenbar hatten bereits andere Besucher einen unschönen Eindruck hinterlassen. Vielleicht waren es sogar die

Veteranen der berüchtigten zwanzigsten Waffen-Ausflugs-Division der SSCF (Harmonias Nummer eins). Man munkelte, sie trieben in der Nähe ihr Unwesen. Spuren der Verwüstung waren nur notdürftig beiseite geräumt, wenn diese fleißigen Leute auch längst zu wischen begonnen hatte. Aufgeschlitzte, rote Sitzpolster, Eisbecherscherben und bunte Pfützen, Eiskugeln an der Decke, die sich jeden Augenblick in Eisbomben verwandeln konnten – das Eis des Damokles –, Einschusslöcher in Wänden und Kühltheke sowie zertretene Waffelhörnchen sprachen eine eindeutige Sprache. Obwohl es ihm massiv gegen den Strich ging, taten sie Sorck leid. Ohne nennenswerte Verzögerung tat er sich selbst ebenfalls leid. Empathie war ihm lästig angesichts des simplen Wunsches nach Ruhe und Eiscreme. Nach einer Existenz in Stumpfheit, die mancher im Urlaub zur Perfektion bringt und die sich vergleichsweise leicht ertragen lässt, bereiteten Sorck derartige Gefühle Unwohlsein über das Mitleiden hinaus. Empathie konnte ein Fluch sein.

Er wollte den Eisdealern – »arme Schweine« – keinen zusätzlichen Ärger machen und keine weitere Angst einjagen. Daher beschloss er, Trinkgeld zu geben. Doch zunächst ließ er sie aufstehen.

Sein Eis erhielt Sorck prompt und in extravaganter Fülle. Niemand wollte den Fremden wütend machen – deutsche Touristen sind für ihre Wut bekannt.

Die Prospekte der Aisha-Reisegesellschaft über Tallinn sprachen in solchen Fällen von Kooperation der heimischen Bevölkerung. Als Verzehrsteilnehmer Sorck in die Innentasche griff, um sein Portemonnaie – »Portmonee« ist das »Büfett« unter den Lederwaren – zu zücken, zuckte die gesamte Milchwarenverkäuferfamilie erschrocken zusammen. Auf der Stelle warf sich der schwere Eigentümer vor eine Tür. Der Weißbeschürzte mit passendem Hut drückte sich verzweifelt dagegen und bettelte. Aus dem versperrten Gebiet hinter dessen massivem Rücken vernahm Martin das Weinen einer Frau und Schreie eines Kleinkindes. Der Mann flehte erbärmlich mit dem gesamten Gesicht, erhob die Hände zum Himmel und stammelte Worte, die Martin nicht verstand.

Jederzeit hätte die Situation kippen können. Was, wenn sie merkten, dass er unbewaffnet war? Außerdem war er allein und ohne ausreichende monetäre Mittel für das geplante Trinkgeld.

Vorsichtig bewegte sich Sorck mit kleinen Schritten auf den Ausgang zu. Seine Hände – in einer davon das Eis – hob er halb warnend und halb beschwichtigend, während er den Eiscremefamilienvater im Auge behielt. Erst auf der Türschwelle drehte er sich plötzlich um, schwang sich auf den Segway und raste los.

Der Rückzug war geglückt.

Ausgerüstet mit einem großen Hörnchen

Kokos-Mango-Oreo-Schmeckerfatz, denn Erdbeere schien ihm der Exotik des Landgangs nicht mehr angemessen – die Farbe Rot war längst zu dominant geworden –, bequemte sich Unter-Ausflügler Sorck auf einen Betonklotz an der Stadtmauer. Im Schatten eines typischen Stadtbaums – ohne unnötig viel Laub, geschützt durch einen Zaun aus den Brettern seiner Brüder – verbrachte er seine Pause in der Nähe kleiner Souvenirläden und mittelalterlicher Steine.

Eine Zeit lang war der Funkverkehr ruhig geblieben. Geschwätzige Befehle und uninteressante Meldungen gingen als weißes Rauschen unter. Plötzlich jedoch lärmte es auf der touristischen Frequenz. Geschrei kam auf. Halb abgerissene Satzfetzen hämmerten und kreischten durch die Luft, rissen auseinander wie explodierende Leiber.

»Um jeden Preis«, »nicht zurückweichen«, »unbedingt halten« und ähnliche Teilstücke von Befehlen krakeelten durcheinander. Jählings wieder ein Schrei, Knattern und Panik: »Wir werden überrannt! Hermann, Harry und Matthias hat's erwischt! Wir brauchen dringend Unterstützung am zentralen Marktplatz.«

»Sie sind überall! Mein Gott, hört uns denn niemand?«

»Artillerie-Unterstützung wird dringend angefordert.«

Die Schnitzeljäger und Geocacher mischten sich ein – im Urlaub wird jedes Hobby zur Waffe.

»Neunundfünfzig Grad, sechsundzwanzig Minuten,

vierzehn Sekunden Nord; vierundzwanzig Grad, vierundvierzig Minuten, zweiundvierzig Sekunden Ost. Macht ihnen die Hölle heiß!« Dann folgte Schweigen. Das Universum schien den Atem angehalten zu haben.

Aus Richtung des Hafens erscholl unheimlicher Lärm. Sekunden später explodierte der Altstadtkern. Unter Martins Füßen zitterte der Boden. Die SSCF Aisha Harmonia hatte ihre Bordgeschütze auf den Rathausplatz abgefeuert. Aufgrund der Größe der Explosionen – wunderschön scherbelnde, golden-rote Aigretten – schloss Sorck, dass der Platz samt Umgebung zerstört sein musste. Nichts hätte dem Inferno standhalten können.

»Volltreffer«, bestätigte der Funk.

Überall in der Stadt brach Panik unter der Bevölkerung und Feuer in den Häusern aus.

Es war eine Revolte ausgebrochen, die blutig niedergeschlagen werden musste. Einwohner begannen sich zu wehren, Touristen wurden verletzt, schlugen zurück, Anwohner strömten in Massen aus ihren Häusern und Angestellte aus den Geschäften. Irgendjemand bekam Panik und alles ging zum Teufel.

Tallinn brannte.


Nach Überprüfung der Uhr rieb Sorck sich den Schlaf aus den Augen. Er entschied, aufs Schiff zurückzukehren und fuhr zum Hafen.

In Deckung hinter einem Reisebus hockte sich Martin

hin und wartete. Noch immer feuerten die Geschütze der Harmonia ins Stadtgebiet. Vom Aussichtsdeck schossen Passagiere Fotos.

Die Vorhut seiner Reisegruppe passierte ihn. Als der Rest ebenfalls angeritten kam, schloss er auf und tat, als sei er durchgängig präsent gewesen.

Niemand hatte sein Fehlen bemerkt. Martin aber bemerkte seinerseits, dass die Gruppe kleiner geworden war. Die Überlebenden wirkten müde und eingeschrumpft. Es war ein anstrengender Ausflug gewesen und alle Teilnehmer hatten vieles über Land und Leute gelernt.

Noch vor der Rezeption, als man dem zuständigen Offizier die Ausrüstung aushändigte und einen Identitätsnachweis per *Dog Tag* erbrachte, betrachtete der Reiseleiter seine Gruppe mit stolzgeschwellter Brust und gab eine Verdienstmedaillenempfehlung für die gesamte Einheit bekannt.

»Die Leistungen des heutigen Tages werden in die Annalen der Aisha Harmonia eingehen. Zusammen mit Fotos vom Ausflug übrigens. Am Ende der Reise kann jeder von Ihnen ein Fotobuch oder eine DVD erwerben. Dort finden Sie Bilder von allen Highlights, auf Wunsch auch individualisiert. Leute, ich bin stolz auf euch!«

Kaum eine Stunde später verließ das Schiff Tallinns Hafen. Etliche Urlauber und Crewmitglieder waren nicht von ihren Ausflügen heimgekehrt. Dennoch hielten sich die Verluste laut offiziellen Angaben in Grenzen. Sämtliche Opfer wurden auf einer goldenen Heldentafel im Zentralspeisesaal, direkt hinter den Desserts, sowie durch eine spezielle »Happy Hour in stolzer Trauer« geehrt. Sie waren Helden und in Zukunft würde man Rettungsboote und Jetskis nach ihnen benennen.

Sorck befand sich während der Hafenausfahrt an Deck und beschaute die Rauchsäulen der brennenden Stadt. Leuchtgeschosse knatterten durch die Dämmerung, zogen Lichtstreifen durch das stille Halbdunkel, gerade Linien zwischen Schützen und Ziel. Hier und dort blitzten kleinere Explosionen auf. Die gesamte Altstadt wirkte wie das Zentrum eines Feuerwerks, verlegt auf den Erdboden, wie ein sprudelnd Licht blutendes Tier im letzten Todeskampf. Die nächsten Tage würde Tallinn noch von Gefechtslärm erfüllt sein, doch bald schon sollte wieder Frieden einkehren.

Frieden durch die Abwesenheit von Feinden. Oder wie es die wehenden Banner der Aisha-Flotte sagten:

»Frieden durch Wohlstand. Wohlstand durch Tourismus.«

Betrübt vom Panorama der Stadt und getrübt vom noch nicht überstandenen Kater – sofern, das überlegte Martin schon den ganzen Tag, man bei dieser Mischung aus

Drogen und Alkohol korrekterweise von einem Kater sprechen konnte –, ging er Kuchen essen, Tee trinken, die Seele – wie einen Erhängten – baumeln lassen. Passend zu Tee und Torte wurde Schiffswein gereicht.

Die Schlemmerei eines sehr späten Nachmittags schlitterte beinahe übergangslos ins Abendessen hinein, für das Sorck bloß gemächlich das Restaurant zu wechseln hatte. Am Tisch saß bereits Arsonovicz und nibbelte an einem Schnitzel. Das arme Schwein war ganz schön mitgenommen. Sofort begann es zu reden.

Sorck spiegelte sich in den feuchten, müden Augen von Moses, betrachtete sich, derweil er sich desinteressiert anhörte, dass Arsonovicz in Retrospektive doch lieber an Bord hätte bleiben sollen. Genau das hatte er nämlich ursprünglich tun wollen. Er hatte sich jedoch aufgerafft und war losgezogen. Was sollte man auch erzählen, wenn man wieder nach Hause kam?

»Was, wenn jemand nachhakt?«

Manchmal muss man seinen inneren Schweinehund beiseiteschieben. Und manchmal stellt sich heraus, dass der innere Schweinehund richtig liegt.

Es stand zu vermuten, dass Moses Arsonovicz in Tallinn die gleiche oder eine ähnliche Hölle durchgemacht hatte wie die meisten. Womöglich hatte er Schlimmeres erlebt als Sorck. *Schließlich*, dachte sich Martin, *betrachte ich fast alles wie vom Rande her, sogar mich selbst, vergesse, dass ich Teil der Hölle bin und sie ein Teil von mir.*

Zwar spürte er eine neue Verbundenheit zu Arsonovicz, doch hielt er sein Herz verschlossen vor weiteren Gefühlen. Er stellte keine Fragen, versuchte nur mit halbem Ohr hinzuhören und sich stattdessen aufs Essen zu konzentrieren.

Bereitwillig ließ er sich vom spiegelnden Besteck und den blanken Tellern ablenken, beobachtete einen Herrn ein paar Tische weiter, der allein dort saß, vor sich hinstarrte und Selbstgespräche führte.

Dann hörte er Arsonovicz etwas sagen, das ihn aufmerken ließ, eine Kleinigkeit. Sein Tischnachbar sehnte sich nach seiner Wohnung, seiner Sammlung und der Gemütlichkeit eines Wohnzimmers, in dem er sich durchgängig mit seinen Hobbys beschäftigen konnte.

Martin kannte das. Er erinnerte sich. Bis vor Kurzem hatte er seine Tage ähnlich verbracht, Listen über jenen Atmungsklamauk geführt und die Informationen sorgfältig aufbewahrt, alles für eine Nachwelt notiert, die sich dafür interessieren würde, da er irgendwann ganz bestimmt doch noch etwas leisten würde. Unterschied ihn nur die ungepflegte Möglichkeit, Größeres anzustreben, erreichen zu wollen, zu erreichen von Arsonovicz? Die Informationen waren verschwunden, bevor die große Tat ihnen Wert verleihen konnte.

Während Arsonovicz von seinem Lieblingssessel schwärmte, sah Leibsverweser Sorck Flammen vor dem inneren Auge. Wieder drängte sich ihm die Frage auf, was nach der Reise sein würde. Wie konnte es weitergehen? Konnte es weitergehen?

Versunken in Gedanken saß er da. Erst spät stellte er fest, dass er inzwischen allein war und alle anderen bereits gegangen waren.

Traurig war Konteradmiral Sorck und leicht benommen. Gegen einen Kater hilft die Vorarbeit auf den nächsten; eine alte Trinkerweisheit. Seit dem Nachmittag hatte er nachgefüllt, sein Blut mit Zucker versüßt und mit Alkohol verdünnt, wenn auch mäßig und drucklos.

Das allerdings plante er angesichts seiner Stimmung zu ändern. Eine Bar musste her. Sparsam – um ihn nicht arm nennen zu müssen –, wie er war, fragte sich Martin, wo zur Hölle es um diese Uhrzeit Sonderangebote, Trinkerrabatte gab?

Auf der Suche nach Alkohol und belastet von Fragen nach Sinn und Unsinn, stolperte Lebenszweckentfremdeter Sorck durch die atmenden, mal schmaler, mal breiter werdenden Gänge der SSCF Aisha Harmonia. Er zweifelte an dieser Reise, seiner Reise, auf dem Steg zwischen Jetzt und Sehr-Bald, Wahnsinn und Annehmlichkeit, schwarz und weiß, sofern es da überhaupt anderes als Grauzonen gab. Für seine Suche griff er nach neuen Kategorien, versuchte sich im und am Schiff zu orientieren, dem Vehikel seiner Restzeit – Lebensrest oder Lebensabschnittsrest? Das war die zentrale Entscheidung. Doch stellte er außerdem infrage, ob sein allgemeines Verhalten – sein jetziges, sein früheres, sein zukünftiges – nun eher masochistisch oder sadistisch, ob es wirklich sicher, geistig gesund, von ihm und der Welt tatsächlich gewollt war und ob er noch Spaß daran hatte. Das Motto der Reise, jenes SSCF vor Harmonias Namen, verhöhnte ihn in seiner Mehrdeutigkeit: Safe, Sane, Consensual & Fun. Seelisch glich die Kreuzfahrt für ihn eher einem Kreuzgang, lediglich motorisiert und mit größerer Gewalt. Gebunden an ein Schiff, ohne welches er auf diesen Koordinaten des Planeten nicht bestehen könnte, abhängig also, wenn auch irgendwie freiwillig, in sklavischer Beziehung zur mütterlichen Maschine und ihrer Crew, die von seiner teuer erkauften Restzeit lebte.

Seine Füße schleppten den vor Erregung schwer atmenden Sorck mühsam weiter durch Korridore und Flure, um Ecken und plötzlich war da wieder ein Licht.

In einer Geste der Abwehr hob Zwielichttummler Sorck beide Arme vors Gesicht und kniff die Augen zusammen. Seine Füße jedoch trugen ihn vorsichtig weiter. Eine Schwelle wurde überschritten, die einen Klangraum öffnete, ein Übergang von stumpfem Getöse zu gellendem Lärm. Noch immer blind vor Weißheit horchte Martin in einen tobenden Saal. Rauschend vermischten sich Stimmen zu einer Flut, die keine individuellen Töne mehr zuließ.

Langsam konnte er im grellen Weiß einzelne Lichtpunkte ausmachen, die von oben und von den Seiten strahlten. Die Welt dämmerte hervor, drückte sich durch das feuchte Milchglas seiner überraschten Augen, während sie sich langsam an die neuen Verhältnisse gewöhnten.

Ein Saal, Rang um Rang gefüllt mit Passagieren, die aßen, klatschten, riefen und redeten. Mit der sich bessernden Sicht nahm der Alarmzustand seines Gehörs ab, fuhr die Lautstärke herunter auf einen erträglichen Pegel und unterdrückte Stück für Stück den Krach zu hintergründigem Branden.

Bunt geschmückt erstrahlten die Ränge vor farbiger Hässlichkeit und versuchten krampfhaft das Flair eines Opernhauses in den Schmutz zu ziehen. Die Besucher, die Martin musterte, passten sich an, hatten sich fein gemacht, ihre Hemden zugeknöpft, schoben brockenweise Fingerfood in ihre Mäuler und spülten aus buntbeschirmten Cocktailschüsseln nach. Erst jetzt richtete Sorck seine Aufmerksamkeit nach vorn.

Als eine Straße bei Nacht, beleuchtet von wenigen Laternen, präsentierte sich das Bühnenbild.

Im Hintergrund lief ein Lattenzaun entlang. Am Rande des Lichtkegels einer der Lampen stand kaum lesbar auf einem Schild geschrieben:

»Nur für Verrückte.«

Wie ein geplatztes Hirnaneurysma traf es ihn, traf sie

ihn, tanzend. Geschmeidig glitt sie über die Bühne wie ein Delphin knapp unter der Wasseroberfläche oder eine Katze auf der Jagd, eroberte sie sich den Raum in einem hautengen Kostüm. Neben ihr durfte es niemanden mehr geben.

Die Sicherheit ihres Körpers und die straffe Konzentration ihres Gesichts verliehen ihr Grazie. Beinahe erweckte sie den Eindruck, sie bekäme von ihrer Umgebung nichts mit, sondern lediglich von ihren Taten. In ihr fand sich nichts, das sie in Frage stellte. Wille und Ausführung waren eins.

Streng saßen ihre Haare, die in der seltsam dünnen Belichtung des Theaters dunkel, beinahe schwarz wirkten und die Intensität ihres Blickes noch deutlicher unterstrichen.

Eva tanzte mit uneingeschränkter Körperkontrolle. Losgelöst, vollkommen allein, vollkommen bei sich selbst tanzte sie, machte sich auf ihre Weise frei von der Welt. Wie ein wilder Fluss gebannt in einen Kanal, angeschwollen mit gezähmter Kraft, kontinuierlich voller Energie, für einen einzigen Zweck gebündelt, wirkten die eleganten Bewegungen ihrer Gliedmaßen auf Martin, der vor Faszination mit halb geöffnetem Mund lächelte, ohne es zu bemerken.

Obwohl sie sich stark vom Bild unterschied, das er sich letzte Nacht von ihr gemacht hatte, zunächst eine ganz andere Person zu sein schien, erkannte er sie, die gezähmte Lilith, die freie Eva. Die Grazie ihrer Verzückung in seiner Erinnerung vermengte sich mit jenem Streben nach Perfektion, das er nun an ihr beobachten durfte. Straff und muskulös zeigte sich ihr Leib durch den dünnen Stoff. Martin genoss die elegante Erotik, die vom leichten Versteckspiel ihres Körpers herrührte, und bedauerte ab und an, dass diese aus tiefster Primitivität stammende Bewunderung seine Konzentration auf die Kunst ihrer Bewegungen übertünchte. Was sie tat, tat sie mit Anmut. Und es tat ihm leid, ihren Körper zu begaffen, anstatt einzig ihr Werk zu würdigen. Er konnte ihr in dieser Verfassung niemals gerecht werden. Seine Rolle war die eines staunenden und schweigenden Zuschauers, der nicht wusste, an welcher Stelle er zu klatschen hatte. Sein Platz war im Hintergrund des Bühnenbildes, im Schattenbereich der Straße bei Nacht.

Ihre Schönheit stimmte ihn traurig, euphorisch traurig. Martin sonnte sich selbstmitleidig im Rausch der Minderwertigkeit, vergöttlichte Eva wie Steinzeitmenschen ein Gewitter.

Doch dann war es wieder vorbei. Eine kurze Verneigung und der rote Vorhang schloss sich. Wie aus einem Traum gerissen, aus einer Tür in einen kalten Flur gestoßen, befand sich der Bewunderer wieder unter schnaubenden Fremden, die mit aller Gewalt versuchten, ihren Urlaub auszukosten und emsig wie Ameisen Erlebnisse zu sammeln.

Etwas drängte ihn, etwas zog. Er wollte zurück in den eben verlorenen Traum, wollte Eva wiedersehen, mit ihr reden – es gab den Drang, keinen Plan – oder bloß in ihrer Nähe sein, näher heran – und dann? Gleichgültig! Von seinem Sitz aus versuchte er Eingänge zu erkennen, die hinter die Bühne führen könnten. Der einzige Zugang, den er entdeckte, führte direkt über die Bühne. Es musste eine alternative Route geben.

Martin setzte sich in Bewegung, stieg die Treppen hinunter zur Bühne. Die Stufen waren lang und flach, verlangten jedes Mal nach mehr als einem und weniger als zwei Schritten. Ihre Höhe von ein paar Zentimetern irritierte seine Muskulatur. Die Knie wollten geknickt werden, die Oberschenkel Treppen steigen und nicht Stüfchen schlurfen. Es ging zäh und langsam bergab, doch schließlich ließ er die vorderste Reihe hinter sich. Vor ihm türmte sich die Bühne auf, davor klaffte ein Graben. Jeder musikalische Ton kam aus Lautsprechern, wofür der Orchestergraben? Er lief zur rechten Seite der Bühne, fand jedoch lediglich leere Wände. Ihn interessierte nicht, was das Publikum denken mochte, als es ihn neben und vor der Bühne herumrennen sah. Links fand Martin eine Tür.

»Zutritt nur für Befugte.«

Sie war verschlossen und alles Rütteln und Klopfen änderte nichts daran. Er schnaubte. Kein Weg stand

Leidenschaftsbluthund und Romanzendogge Martin Sorck auf seiner Hatz frei, doch hatte er Witterung aufgenommen. Also stieg er wieder ins Publikum, weit nach oben, setzte sich auf irgendeinen Platz und wartete, geduldete sich – oder versuchte es –, hielt die weitere Show aus und hoffte inständig, dass Eva noch einmal auf die Bühne treten oder plötzlich im Publikum auftauchen würde.

Auch hier döste er wiederholt für kurze Perioden ein, glaubte auf einem Balkon zu stehen und von dort aus eine endlose Reihe von Musikern durch die Wüste ziehen zu sehen. Als er in die Realität zurückschnellte, musste er sich klarmachen, dass er nicht in jenem, sondern in diesem Theater saß, nicht in einem magischen Theater, sondern höchstens einem Taschenspieler-Theater, einem zirkusartigen Schauspiel der Freaks, Chiromanten und Prestidigitateure, Schnellfingermissgeburten auf einem schwimmenden Jahrmarkt.

Und natürlich trat sie nicht mehr auf.

Sorck war häufig genug eingenickt, aufgewacht und wieder eingenickt, um daran zu zweifeln, Eva wirklich gesehen zu haben. Mehr als das Warten quälte ihn nun Unsicherheit und die Frage, ob das Warten nicht bloß unnütz sein könnte, weil sie nicht mehr erscheinen würde, sondern weil sie auch vorher nicht da gewesen war.

Martin gab es auf und entschloss sich, einen anderen Weg zu finden.

Er war überzeugt, den Eingang des Kaninchenbaus wiederfinden zu können, in dem er sie am vorherigen Abend das erste Mal gesehen hatte.

Es sollte nach hinten gehen, ans Heck, in die Bar, in der Eduardo ihn freundlich und freundschaftlich begrüßen würde, um ihn nach gelungener Bewirtschaftung wieder in die Tiefen und Geheimnisse des Stahlkolosses mitzunehmen, wo Sorck dann Eva träfe. Hatte er die Kraft, einen weiteren Tauchgang unter die Wasseroberfläche, ins Gedärm oder Unterbewusstsein der Harmonia zu überstehen? Er hoffte es und ließ es darauf ankommen. Das Risiko schien überschaubar und lohnenswert.

Auf welchem Weg genau er das letzte Mal in Eduardos Bar gelandet war, wusste Sorck zwar nicht mehr, aber das Schiff hatte eine größere Länge als Breite, hatte eine Front und eine Rückseite und entsprechend eine linke und eine rechte Seite – oder Backbord und Steuerbord – und somit limitierte Chancen für Passagiere, sich zu verlaufen sowie eine begrenzte Anzahl von Strecken zu jedem einzelnen Punkt.

Martin gähnte lange und sorgsam, bis seine Augen tränten und das rauschende Blut seine Ohren betäubte. Auf der Bühne versagte eine Band beim Versuch ABBA-Songs zu covern, was jedoch niemanden im Publikum störte. Nicht nur litten diese Leute nicht, sie genossen die seicht behämmerten, misslungen grinsenden Lärmschrappnelle der blondierten Kapelle auch noch. Fragwürdig war an ihrem demonstrierten Geschmack gar nichts mehr. Das hier war nur noch akustische Leichenfledderei. Es reichte ihm. Martin erhob sich wie ein Betrunkener im Bus, der seine Haltestelle verpasst hatte, und drückte sich zum Ausgang durch. Plötzlich begann der Animationsteil des Auftritts. Wie unrhythmische Ohrfeigen schallte, schallerte und schallalate, knallte und bellte es um ihn herum. Jeder Klang ein kleiner Riss im Glauben an die Menschheit. Jedes Paar Hände ein Salut an die Einfachheit. Er beeilte sich davonzukommen und bald hatte er es geschafft.

Raus auf einen Gang, um ein paar Ecken, an mehreren Kreuzungen vorüber. Dann sah er ein Treppenhaus vor sich, kurze Orientierungsphase, Müdigkeit und Schwindel abschütteln und weiter. Zunächst machte sich Treppen- und Seelenbergwerkssteiger Sorck – Glückauf (und ab) – auf nach oben, da die Bar seiner Meinung nach in einem der obersten Decks angesiedelt war. Er stieg die Treppen hinauf, wie auf der Flucht und gleichzeitig suchend. Eine Etage brachte er mit Doppelstufenschritten hinter sich, eine weitere nur noch im Normaltempo. Dann stoppte er. Sein Ziel war es, das oberste Deck oder das Außendeck zu erreichen, aber stattdessen endeten die

Stufen auf einer Etage, die nicht die oberste sein konnte. Auf der Suche nach einem Schild, einer weiteren Treppe, Fahrstühlen oder einer Tür nach draußen schaute er sich um. Das einzige, was er fand und ihm möglicherweise behilflich sein konnte, war eine schmale Holztreppe, die steil nach oben führte. Ohne Geländer und in einem Winkel, der sie zwischen Treppe und Leiter einordnete, wirkte sie fehl am Platz im sonst so komfortablen Schiffsinneren. Martin vermutete, sie wäre ausschließlich für Besatzungsmitglieder gedacht. Er fühlte sich nicht befugt, sie zu benutzen, und fühlte sich doch gedrängt, weiter nach oben zu gelangen. Die Neugierde tat ihr übriges.

Martin näherte sich vorsichtig der Treppe und stieg, sich mit den Händen an den oberen Stufen festhaltend, empor. Ganz oben fand er einen Metallring, der an einer rechteckigen Luke hing. Vorsichtshalber überprüfte er nochmals die Umgebung. Falls er doch etwas Verbotenes oder Dummes tat, wollte er wenigstens nicht dabei beobachtet werden. Dann stieß er die Luke auf, die erst knarrend Widerstand leistete und dann krachend umklappte, um eine flusige Staubwolke aufzuwirbeln. Langsam reckte Sorck den Kopf in den neuen Raum, doch wagte er es nicht, hineinzugehen. Alte Möbel lagerten hier, abgedeckt mit Bettlaken. Niedrig und schmal war das Zimmer, zur Decke spitz zulaufend, mit Holzbalken, die ein Dach stützten. Martin konnte sich nicht an Spitzdächer auf der Harmonia erinnern, stellte jedoch nicht infrage, was er selber sah.

Auf beiden Querseiten befanden sich dünne, improvisierte Wände, angelehnte Sperrholzplatten. Die eine trug drei Bilder, die aufgrund einer dicken Schmutzschicht nicht genau erkennbar waren. Vor dieser Wand lagen leere Dosen – Energy Drinks? – und zerknüllte Zigarettenpackungen herum. Die andere hielt eine Vielzahl angehefteter Papiere, Schicht um Schicht übereinander, mit kleinen, gelben Klebezetteln darüber, die eine weitere Schicht bildeten. Offenbar zog es auf jener Seite des Dachbodens, denn die Zettel raschelten leicht und trugen erheblich weniger Staub als die Bilder gegenüber. Die paar Notizen, die Martin entziffern konnte, hatten größtenteils mit Psychologie zu tun, eine trug die Überschrift »Slawische Mythologie«, daneben hingen Listen mit scheinbar unzusammenhängenden Wörtern. Es wirkte in seiner Gesamtheit wie die Arbeit eines Wahnsinnigen. Für Martin ergab das alles keinen Sinn. Tief im Herzen lösten die Eindrücke schleichend Panik aus. Für Martin fühlte es sich an, als würde er etwas betrachten, das nicht für ihn bestimmt war. Sobald ihm das Gefühl deutlich bewusst wurde, schloss er die Luke derart schnell, dass er sich beinahe den Schädel eingeschlagen hätte, und stieg die Leiter hinab. Diese Ecke des Schiffs beschloss er zu vergessen.

Sein Problem war allerdings noch nicht gelöst. Wie gelangte er weiter hinauf? Das richtige Hinauf.

Da die Y-Achse ihm an dieser Stelle nicht weiterhalf, probierte Sorck die X-Achse, bewegte sich horizontal und in Richtung des Hecks. Er erwartete, bald auf eine neue Treppe zu stoßen. Seine Erwartung wurde zwar erfüllt, doch nicht wirklich. Die Treppe, vor der er sich nun befand, führte nach unten. Er suchte weiter, doch war er nicht imstande, einen Weg nach oben ausfindig zu machen. Hier und da fand er eine Treppe hinab. Vielleicht, dachte er, befand er sich in einem abgetrennten Abschnitt des Schiffes, das aufgrund von Konstruktionsmängeln oder aus irgendeiner perfiden Überlegung heraus wie eine Glocke nur von unten zugänglich war und auch nur in diese Richtung wieder verlassen werden konnte.

Dann fand er immerhin die Außenwand. Durch Bullaugen sah er Passagiere draußen herumlaufen. Sie scherzten und redeten, das erkannte er deutlich, auch wenn kein Ton zu ihm durchdrang. Martin suchte nun nach einer Tür hinaus, doch gab es keine. Als die nächste Gruppe von Touristen – eine Familie – vorbeilief, hämmerte er mit den Fäusten an die Wand und an das dicke Glas des kleinen Fensters. Niemand schien ihn zu hören. Doch dann blieb die Mutter stehen und schaute Martin ins Gesicht. Er gestikulierte wild, versuchte deutlich zu machen, dass er einen Ausgang suchte, dass er Hilfe brauchte. Die Frau spitzte den Mund und zog ihren Lippenstift nach. Dann strich sie mit dem Ringfinger einen feinen Rest der Farbe fort, der neben ihrem zur Null geformten Mund heftete.

Da er auf dieser Etage keine Lösung seines Problems ausfindig machen konnte, entschied er sich, es eine tiefer zu versuchen. Er stieg die Treppe, über die er hinaufgelangt war, hinab und lief einen Gang entlang. Es schien immerhin nach hinten zu gehen, doch bald knickte der Pfad ab und führte an den Kabinen neunzehn-fünfzehn bis neunzehn-achtzehn vorbei. Martin folgte dem Weg nach rechts.

Nachdem er drei Kabinen passiert hatte, gelangte er an eine Gabelung. Diesmal ging er links und hielt sich für clever. Die folgende Gabelung wieder rechts, dann links, dann links, weil er vergessen hatte, wo er vorher hingegangen war. Insgesamt wechselte er die Richtung elf Mal auf diese Weise, bis er endlich wieder eine Treppe erreichte. Er benötigte ein paar Sekunden, um zu realisieren, dass er wieder am Ausgangspunkt seines Ausflugs auf die Etage angelangt war. Dieselbe Treppe, die ihn hinauf in die Spitze der Glocke geführt hatte. Beim Gedanken an seinen dortigen Fund schüttelte er sich unwillkürlich.

Sorck überlegte. Was sollte er tun? Wie weiter vorgehen? Er fischte im Trüben, wie man so sagt, konnte keines Lösungsansatzes habhaft werden. Seine Augen suchten sprunghaft, beinahe blind von einem Punkt zum nächsten, rasten ziellos hin und her wie seine Gedanken, auf und ab.

Da stieß er auf etwas.

Schräg an der Treppe vorbei entdeckte er ein Deck tiefer ein Schild an der Wand, das freundlicherweise mit einem Pfeil in Richtung der Bar wies. Glück gehabt. Doch ein Gefühl von Ratlosigkeit blieb bestehen.

Das sadomasochistische Touristenschlachtschiff war wohl besser organisiert als seine Insassen und würde jeden wieder auf den rechten Weg bringen, solange er sich ihm, oder in diesem Falle besser »ihr«, nur anvertraute. Unterwirf dich und dir wird geholfen werden. Sorck vertraute dem Mutterschiff.

Weiter hinein grub er sich in den Leib der SSCF Harmonia, die währenddessen wollüstig wie eine betrunkene Dirne auf und ab wankte. Sein Vertrauen wich schnell wieder angebrachter Skepsis. Das erste Zimmer, das er entdeckte, trug die Nummer dreizehn. Doch nicht Aberglaube machte ihn stutzig, sondern die goldene Eins auf der nächsten Tür – womöglich ein umständliches Zählsystem –, gefolgt von Kabine Nummer achtzehn. Eine seltsame, unkoordinierte und kaum kundenorientierte Anordnung war noch kein Grund, die Anlage des gesamten Schiffes in Frage zu stellen. Er war von einer Berechtigung, einer höheren Ordnung, überzeugt. Jemand würde schon seine Gründe für all das gehabt haben.

Einige Schritte weiter, nach einer auffällig langgezogenen Kurve, entdeckte er die nächste Zimmernummer. Partiell auf der Tür und wie zerflossen auf dem Fußboden weitergeschrieben: zwanzig. Martin ärgerte sich. Er plante einen bösen Brief – Feedback – zu verfassen. Dann kehrte er auf demselben Weg zurück, vorbei an Zimmer neun, gegenüber Zimmer vierzehn, und suchte nach einer anderen Strecke. Vielleicht hätte er sich die Zahlen merken sollen, dachte er sich. Dann beschlich ihn die Idee, dass es sich um eine Art Trick handeln könnte, um Kunden an das Schiff zu binden, psychologisches Knotenschnüren. Wie die überdachten Fußgängerzonen in Las Vegas den Tag- und Nachthimmel im Zeitraffer imitieren, um Besuchern das Zeitgefühl zu rauben, damit sie länger bleiben und Geld ausgeben, funktionierte eventuell auch die Zahlengestaltung des Schiffes. Bisher hatte er nie darauf geachtet. Verläuft sich ein Passagier und verpasst so den Ausstieg, muss er für eine weitere Reise bezahlen oder wird per Eilverfahren für die Wiederauffüllung der Besatzungsränge rekrutiert. Blinde Passagiere können sich entweder unterwerfen, verstecken oder über Bord gehen. Das schien Martin der Logik des Schiffes zu entsprechen.

Denkbar war allerdings auch, dass der totale Service den Kunden erlaubte, sich ihre Kabinennummern und das Deck frei zu wählen, was dann zu entsprechenden Ergebnissen führte. Zu viel Auswahl wirkt fast immer zersetzend.

Da er längst so weit die Orientierung verloren hatte, dass er nicht mehr wusste, wo der Wegweiser hingedeutet hatte, ob er noch in die richtige Richtung lief, kehrte er auf Umwegen zum Treppenhaus zurück.
Allerdings fand er keine Spur des Schildes.
Die Spannung in seinen Schultern entwich zeitgleich mit einem Seufzer. Er versuchte sein Glück auf dem nächsttieferen Deck. Langsamer als je zuvor stieg er hinab.

Hier trugen die Türen gar keine Nummern. Denkbar, dass die Passagiere, die hier wohnten, anonym bleiben wollten. Doch endlich fand er die Kabine mit der Nummer eins. Nicht nur der Ziffer wegen kam ihm der Eingang bekannt vor. Irgendetwas verband er mit ihr, das so tief in seinem Hinterkopf verkrochen lag, dass er unmöglich darauf hätte kommen können. Er folgte einem Gang nach links, Kabinen zweiundzwanzig und fünf. Sackgasse. Wieder zurück. Fünf, zweiundzwanzig, eins, und blank strahlende Holzimitationen mit elektronischen Schlössern. Vielleicht hatte man auch die Nummern zusätzlich zu buchen oder hier wohnte eben niemand. Eine weitere Version der Geschichte war, dass die Kunden in diesen Blankozimmern schlicht nicht wichtig genug waren, um auch noch Nummern zu bekommen, oder aber so wichtig, dass einfache Ziffern ihrem Status nicht entsprechen konnten und man somit, um Peinlichkeiten zu vermeiden, lieber gar keine Bezeichnung an die Kabinen heftete. Wenn du nichts Gutes zu sagen hast, dann sag am besten gar nichts.

Mehrere Decks, Abzweigungen, Fahrstühle und Brandschutztüren, Stunden um Stunden später gelangte Martin Sorck endlich in eine Bar. Diese bot eine wunderbare Aussicht auf das schwarze Wasser des Meeres, das mühelos vom Schiff durchschnitten wurde. Er war am falschen Ende Harmonias angelangt – hatte Indien gesucht und Amerika gefunden –, darüber machte er sich keine Illusionen. Vor ihm öffnete sich ein kaum beleuchteter Raum, der, soweit Sorck es erkennen konnte, in einem überholten Stil eingerichtet war. Zu seiner Rechten zog sich ein Tresen die gesamte Wand entlang. Dahinter erstrahlte ein langer roter Lichtstreifen, darüber eine Reihe Flaschen. Niemand befand sich in der Bar, außer dem Barmann, der sich allerdings nicht hinter dem Tresen aufhielt, sondern auf einem Hocker saß, mittig auf der Kundenseite. Vor ihm befand sich eine kleine geblümte Teetasse mit goldenem Henkel, von der er gelegentlich nippte, sowie eine Flasche Whiskey.

Der gleiche Aufbau fand sich vor dem Barhocker neben ihm, obwohl sich auch nach erneuter Umgebungsprüfung niemand sonst finden ließ.

Des Barmanns gekrümmter Rücken bewegte sich langsam. Wie eine Karikatur Eduardos wirkte er mit seinem auffallenden Überbiss, den schlaffen Wangen und übermüdeten Augen. Sorck blieb in der Tür stehen und wartete auf etwas. Ihre Blicke trafen sich. Nach einem Moment begannen die Augen des Zapfmeisters zu funkeln, als er ihn mit den Worten »Da sind Sie ja endlich!« begrüßte. Noch während er sprach, fiel erneut ein Schleier von Müdigkeit über ihn. Sein schmales Lächeln stürzte zusammen wie ein altes Haus, dessen Verfall niemand beachtete. Mit Mühe hievte er sich hoch, schob den Barhocker in Position und bewegte sich ohne jede Eile hinter den Tresen. Martin nahm dies als Einladung und setzte sich ans Ende der Bar. Er wartete erneut, da er nicht zu jenen gehörte, die Bestellungen wie Befehle hinaus brüllten. Doch der Barmann blieb einige Schritte von Sorck entfernt stehen und begann, Gläser abzutrocknen, anstatt ihm weitere Beachtung zu schenken. Nur gelegentlich drehte er das Gesicht in seine Richtung, stoppte jedoch frühzeitig und kehrte leer zurück zum Glas in der Hand. Der Flaschenjongleur floh vor Sorcks Blicken wie ein weißes Kaninchen vor der schwindenden Zeit. Martin wartete ungeduldig, stets die Augen auf den Geschirrspüler gerichtet. Erneut bewegte sich dessen müdes Antlitz auf ihn zu. Diesmal stellte er Blickkontakt her, doch Martin reagierte reflexartig, ohne nachzudenken, indem er sich abwandte. Ärgerlich und dennoch höflich rief er hinüber. Daraufhin setzte sich sein Gegenüber in Bewegung, kam neugierig in Richtung des Verdurstenden gehoppelt, als sei etwas Spannendes im Gange, brach jedoch schnell wieder ab, um Gläser zu spülen, den Tresen zu wischen oder hohläugig und gebannt ins Leere zu horchen, als redete jemand auf ihn ein. In jenem Zustand wanderten dessen Augen ein ums andere Mal zu Sorck hinüber. Dann nickte er zustimmend.

Schiffsinnenbauchwanderer, Wunschroutenläufer und Nacht- wie Tagträumer Martin Sorck fragte sich ohne echte Sorge, ob auch er gelegentlich Mitmenschen ignorierte, bis sie für ihn vollends verschwanden.

Martin wollte nun die Dinge selbst in die Hand nehmen und rückte auf. Nicht auf des Barmanns alten Stuhl setzte er sich, sondern auf den daneben. Zu seiner Überraschung – was hatte er erwartet? – fand er die Teetasse vor sich leer. Provokant goss er sich Whiskey ein. Der Barhase kicherte. Sorck befeuchtete sich die Kehle, jener trocknete ab. Plötzlich stockte er in seiner Bewegung, ließ das Glas fallen, das er eben noch abgewischt hatte. Aus seiner Weste kramte er eine Taschenuhr und schaute überrascht darauf.

»So spät schon!«

Hektisch räumte er die heilen Gläser in den Schrank, ließ die Scherben jedoch liegen. Dann begann er die Lichter auszumachen. Martin schaute zu, die Tasse zwischen Daumen und Zeigefinger balancierend. Er schlürfte. Als der andere Anstalten machte, den Eingang zu verriegeln, sprang er auf und huschte bei letzter Gelegenheit durch den Türspalt. Gerne hätte er mehr getrunken, noch lieber in Eduardos Bar. In dieser Stimmung machte sich Sorck auf den Rückweg zur Kabine.

Gegenüber des Ausgangs der Hochseekneipe befand sich der Fahrstuhl, den Sorck nutzte, um auf seine Etage zu gelangen. Dort bog er rechts ab, durchlief für exakt siebenundvierzig sehnsüchtige Sekunden einen leeren Korridor – er hörte Geräusche hinter verschlossenen Türen, das alberne Lachen von Sitcoms – und gelangte zwischenfallfrei ans Ziel.

Er fühlte sich allein auf der Welt und störte sich daher umso mehr daran, dass dieses Schiff doch eigentlich so verdammt übervölkert war. Wo trieben sich diejenigen herum, auf die es ankam?

Lustlos öffnete Sorck die Kabinentür. Seine Anzeigentafelwand spuckte ihm eine weitere höhnische Zahl entgegen: »404. No Connection Found.«

Neben blauem Geflimmer schlief Martin Sorck ein.

Als er seine Augen öffnete, fand er sich unter einem violetten Himmel wieder. Gelbe Blitze pulsten hinter einer dünnen Wolkendecke und ließen Funken regnen, die auf ihrem Weg zum Boden zu Schneeflocken gefroren und noch vor ihrer Ankunft verdunsteten.

Bis zum Bauch stand Martin Sorck im Kot. Das braune Moor erstreckte sich in allen Richtungen bis zum Horizont. Längst schmerzten ihm die Schultern, da er sich weigerte, seine Arme hinein sinken zu lassen. Er watete quälend langsam auf eine Insel inmitten des Sumpfes zu. Dort war sein Ziel. Ein Ort, an dem er ruhen konnte.

Nichts blieb ihm übrig, als weiterzugehen, sich voran zu kämpfen. Gäbe er nach, würde er versinken, ersticken im Dreck.

Nach vielen Stunden erreichte er atemlos das Eiland. Seine Hände krallten sich ins frische Ufergras. Er sammelte Kraft, um sich zu befreien. Doch plötzlich bedeckte ihn ein Schatten.

Auf der Suche nach seinem Ursprung legte Martin den Kopf in den Nacken und schaute gen Himmel. Schräg über ihm schwebte Jesus am Kreuz, die Augen verurteilend und hart auf ihn gerichtet.

Federleicht stieg er ab, hockte sich vor Martin ins Grün und sprach: »Niemals sagte ich, es würde leicht sein, nur, dass es sich lohne.«

Daraufhin schmiss er Sorck einen Lolli hin.

Während dieser noch verdutzt guckte, ließ Jesus ein überirdisches Lachen erschallen und deutete mit dem

Finger auf ihn. Dann verschwand er. Sein Lachen hallte noch eine Weile durch die Luft.

Gerade wollte Martin sich doch noch auf die Insel ziehen, da begann sie langsam zu versinken.

Kurz darauf trieb nur der Lutscher vor ihm auf dem dickflüssigen Dreck wie eine Kirsche auf einer Portion Mousse au Chocolat.

Am Morgen nagte sich die Harmonia krachend und kratzend durch das dicke Packeis im Hafen Sankt Petersburgs. Die Stadt bot ihr einen eisigen Empfang und hätte jedes kleinere Boot gnadenlos abgewiesen. Doch die SSCF Aisha Harmonia war für diese und weitere Reiserouten mit Parts des Eisbrechers Hrim verstärkt worden, um auch noch die hartnäckigsten Widerstände zu brechen und die wehrhaftesten Städte zu nehmen.

Passagieren wurde geraten, »für alle Fälle« gut zu frühstücken.

Ausgeschlafen, deshalb träge, enttäuscht und daher der Situation ergeben, folgte Glücksbefreiter Sorck dem dringenden Rat der OHL (Oberste Harmonia Leitung) und aß ausgiebig. Wie jeder Reisende hatte er vor dem Urlaub ein Visum beantragen müssen, was den meisten Unbehagen bereitete. Man fürchtete wohl Zurückweisung.

Begleitend zum Frühstück erfolgten etliche Durchsagen, Warnungen, welche Gegenstände, Haustiere,

Nahrungsmittel nicht mitgebracht werden durften, wie man sich keinesfalls zu verhalten hätte und dass im Falle eines Fehlschlags der Außenmissionen jeder auf sich gestellt wäre – man würde jedwede Verbindung zum Schiff kategorisch abstreiten – »bleiben Sie also stets bei Ihrer Reisegruppe«.

Von Harmonias Buffets trat man den langen Marsch zur Lobby an, wo die übersättigten Massen auf den Ausstieg warteten. Wo man hinsah, antworteten müde Augen in violetten Schatten. Köpfe hingen geschwächt an letzten Muskelfasern. Von irgendwo schallte Schluchzen durch die unglückselige Stille.

Hallend stolzierte ein Matrose durch eine freigeräumte Passagiergasse, sah niemanden an, bemühte sich, keinen Gesichtsausdruck zu tragen, keine Gesten und keine Worte fallen zu lassen. Angelangt an der Ausstiegsluke, betätigte er quietschend einen Hebel, der dumpf einrastete. Das Geräusch echote und verzerrte sich von einem leeren Augenpaar zum nächsten.

Plötzlich wurde es laut. Wie Wärter gegen Gefängnisgitter schlugen Crewmitglieder auf das Treppengeländer ein. Hastig erhoben sich die Touristen, drängten zum Ausgang. Hinter ihnen brüllte und drückte man. Als Sorck hinaustrat, stach ihm kaltes Licht ins Gesicht, kalte Luft in die Knochen. Links und rechts von ihm waren Zäune aufgestellt, die alle Aussteigenden in einen Tunnel aus Drahtvierecken zwängten. Ohne Chance stehen zu bleiben, wurde Sorck weitergeschoben. Von den Seiten trieb Geschrei die Massen an. Hinter den Zäunen brüllten Soldaten, rüttelten am Maschendraht, stachen mit Schlagstöcken und Viehtreibern hindurch.

Und plötzlich stoppte die Bewegung. Sie hatten eine Halle erreicht, in der mehrere Flugzeuge hätten Platz finden können. Der Menschenstrom wurde verteilt auf mehrere Schlangen, die nach und nach durch einen Metalldetektor passierten. Handgepäck wurde separat durchleuchtet. Nächster Stopp war ein weiterer Metallbogen, der durchschritten werden musste: ein Körperwärmescanner. Von dort aus ging es zur Passkontrolle, in einer Reihe waren Schalter errichtet. Obligatorisch wurde eine Speichelprobe abgegeben. Sämtliche Papiere wurden umständlich geprüft. Zum Dank für die Kooperation bekamen die Gäste ein Wasserglas voll Wodka. Ebenfalls obligatorisch. Sorck zögerte. Dann trank er einen großen Schluck, schüttelte sich und stellte das halbleere Glas ab. Hinter dem Schalter zog man die Augenbrauen hoch.

Man schenkte nach, bedeutete ihm, er hätte auszutrinken oder nach Hause zu gehen. Angewidert leerte er den Becher. Allerdings benötigte er ein paar Minuten dafür, was sämtliche Offiziellen amüsierte. Hinter ihm wuchs eine Schlange aus Wartenden, die keine Eile hatten voranzukommen.

Verteilt im ganzen Gebäude patrouillierten bewaffnete Soldaten.

Kurz vor Martins letztem Schluck kam Tumult auf. An einem Schalter in seiner Nähe wurde ein Einreisender von zwei Wachleuten eingekeilt. Sein beinahe rechteckiges Gesicht verwandelte sich, als er der Situation gewahr wurde. Die dickrandige Brille ließ ihn zunächst als gebildet und selbstbewusst erscheinen, erweckte nach und nach jedoch den Eindruck des Schulstrebers, dem schon wieder eine unverdiente Tracht Prügel bevorstand. Verängstigt wandte er den Kopf herum, schaute mal dem Einen mal dem Anderen ins Gesicht, suchte denjenigen Soldaten, der ihn am besten verstand, der irgendeine Regung preisgab. Sie verhielten sich wie eine Schraubzwinge. Klackernd näherte sich jemand. Spitze Absätze warfen Fantasien von Stechwerkzeugen voraus. Neben dem Schalter blieb eine hochgewachsene Frau stehen. Die Haare trug sie streng aus dem Gesicht gestrichen, enganliegend in glänzender Schallplattenoptik, teils verborgen unter einer schwarzen Offiziersmütze. Sie schaute dem Mann unverhohlen ins Gesicht. Ohne den Blick abzuwenden, griff sie seinen Pass vom Schalter, öffnete ihn einhändig und ließ ihre Augen erst dann sehr langsam aufs Papier wandern. Nach kurzem Check des

Passfotos musterte sie ihr Gegenüber erneut von unten nach oben. Dann klappte sie den Pass zu.

»Grüß Dich, Hermann.« Der Anflug eines Lächelns huschte über ihre Lippen. »Ich habe alles von Dir gelesen. All die kleinen, fiesen Kommentare und Posts. Für manche davon könntest du eine lange Zeit einsitzen.«

Die Erotik ihrer Stimme, die Art und Weise, wie sie einzelne Silben betonte, vermischte sich mit der Strenge ihres Tons und des gesamten Auftritts wie Farben in einem Wasserglas, bis alles endgültig verschmolz. Heimlich gafften die Umstehenden sie an und erkannten ihre eigenen Wünsche nicht mehr. Sie war *L'appel du vide* als Person.

Erst nach dieser Einleitung stellte sie sich vor.

»Mein Name ist Major Alexa Enesseiova. Folgen Sie mir! Bitte. Widerstand ist zwecklos.«

Ihre hautenge, schwarze Uniform reflektierte das Licht abweisend, während sie sämtliche Blicke der Umgebung absorbierte. Mit jeder Bewegung wanderten strahlende Flecken über das Latex wie Suchscheinwerfer. Das Gewebe knarzte unterdessen wie ein Luftballon unter strengen Fingerspitzen, derweil die Epauletten auf ihren Schultern autoritär tanzten.

Sie wandte sich um, indem sie den Kopf in einem weiten Schwung drehte und ihren Körper – Schultern, Arme, Taille, Hüften, Beine – nachzog.

Hermann blieb irritiert an seinem Platz, schaute sich

erneut hilfesuchend um. Alle Touristen wichen seiner Verzweiflung aus, meist verschämt in Richtung Boden. Frau Major hob langsam den linken Arm. Ihr Handschuh bildete eine Faust, aus der elegant ein Zeigefinger aufstieg und sich bog, als wollte sie ein Kind anlocken.

Ohne stehen zu bleiben wiederholte sie ihren Lockruf. Die Soldaten an Hermanns Seite griffen seine Arme. Er schrie um Hilfe. In diesem Moment näherte sich ein Crewmitglied auf leichten Schuhen. Sorck kannte sie vom ersten Tag auf der Harmonia. Ihr Lächeln wirkte wie gemeißelt, aus einem einzigen Stück geschlagen. Hermanns Gesicht erstrahlte hoffnungsvoll.

»Unsere Geschäftsbedingungen, die Sie« – an dieser Stelle hob sie ihre Stimme an und sprach demonstrativ zu allen Touristen – »wie jeder hier akzeptiert haben, weisen eindeutig auf die Datenabkommen und Auslieferungsabsprachen zwischen der Aisha-Reisegesellschaft und wechselnden Firmen sowie Staaten und Privatpersonen hin, sodass ich Ihr Gezeter beim besten Willen nicht nachvollziehen kann. Alles geht seinen geregelten Lauf. Sie sollten dringend Folge leisten. Sofern Sie das Extra-Service-Paket gebucht haben, werden wir der Botschaft Ihres Landes Mitteilung machen. In jedem Fall werden keine Rückerstattungen für selbstverschuldet – und das träfe in diesem Falle zu – verpasste Reiseziele gezahlt. Auch von Schadensersatzforderungen für physische oder psychische Verletzungen, zerstörtes Eigentum oder Freiheitsentzug sprechen wir uns frei. Nun gehen Sie bitte mit der Frau Major.«

Enesseiova befand sich mittlerweile auf halber Strecke zur hinteren Hallenwand. Ungeduldig und finster begutachtete sie den eingeschüchterten Einreisenden. Noch zögerte er. Erst, als Frau Major Enesseiova lautstark ihre Gerte gegen die Stiefel schmetterte, setzte er sich unwillkürlich in Bewegung, eskortiert von beiden Soldaten. Am Ende der Halle schloss sich eine unscheinbare Tür hinter ihm.

Sorck trank hastig aus und stellte das leere Glas auf den Schalter. Kurz darauf besann er sich. Er hielt zwei Finger zusammengepresst an den Boden des Bechers. Der Grenzbeamte füllte bis zur markierten Stelle auf und Sorck trank in einem Zug aus. Ein Stempel hämmerte in seinen Pass.

»Welcome to Saint Petersburg.«

Derweil Sorck an einem Kiosk lustlos in den Zeitschriften kramte und den Rest der Reisegruppe erwartete, beobachtete er noch weitere Verhaftungen. Jeder einzelne wurde durch eine der Türen in der Hallenrückwand geführt. Nach einer Weile drangen Geräusche hinaus. Er meinte ein Klatschen gehört zu haben, gefolgt von Wimmern. Einmal klang es, als schöbe man einen Stuhl über den Boden, ohne ihn anzuheben. Es knallte, Schreie erschallten und brachen plötzlich ab. Unsicher schauten sich die freien Touristen um, während sie sich kleinzumachen suchten.

Nur ein Abgeführter kam nach kurzer Zeit heraus. Er hatte feuchte, rote Augen, seine Wange leuchtete violett, die Lippe war eingerissen, der Gang humpelnd, die Schultern hängend. Drei Beamte in Anzügen erschienen mit ihm in der Halle. Zwei von ihnen redeten auf ihn ein. Der eine in ruhigem Ton, der andere herrisch, der dritte schubste ihn schweigend weiter, bis der Gefangene mit zitterndem Zeigefinger in Richtung der abgefertigten Reisegruppe deutete. Für eine schreckerfüllte Sekunde glaubte Sorck, er sei gemeint. Neben ihm reagierte eine Touristin und rannte zum Ausgang. Verzweifelt versuchte sie die Wachen zu überwinden. Auf einen Wink des schweigenden Beamten wurde das Feuer eröffnet. Schlaff sackte der tote Körper zusammen. Eine Handvoll Soldaten schleifte den Leib hinaus. Dann kehrte wieder die relative, äußere Ruhe großer Anspannung ein und die letzten Reisenden passierten schlotternd die Kontrollposten.

Nachdem alle suspekten Elemente aus der Reisegruppe ausgesondert waren – und es waren nicht wenige, die man für suspekt hielt –, trat man geschlossen nach draußen. Von der Weite des Landes überrascht, die trotz Hafengebäude und Umzäunungen unübersehbar war, blieb Martin Sorck unwillkürlich stehen. Der Himmel schimmerte grau und schien sich direkt an den Boden anzuschließen, ohne Horizont, ohne Trennlinie. Ihm fielen zwei Vögel auf, die als Paar zum Hafenbecken flogen, einer hell, einer dunkel. Am Ziel angekommen schwebten sie auf der Stelle, um dann ihre Flügel anzulegen und sich ins Wasser zu stürzen. Einen Moment später tauchten sie wieder auf, schlugen wild mit dem Gefieder und erhoben sich in die Luft. Ihr Rückweg führte über Sorck hinweg und als sie genau über ihm flogen, rieselte feuchter Sand auf seine Stirn.

Währenddessen zogen seine Mitreisenden vorbei. Jeder folgte der Vorderperson und hoffte, sie wüsste, wo es hinzugehen hätte. Sie liefen auf den vordersten einer langen Reihe von Bussen zu. Sämtliche Fahrzeuge trugen schwere Panzerung an den Seiten, die lediglich einen kleinen Schlitz, eine Schieß- und Schauscharte, an jedem Fenster aufwiesen. Auf dem Dach hatte man ein kleines MG-Nest postiert, das allerdings nicht besetzt war. Mit den letzten Passagieren betrat auch Martin den Bus und setzte sich allein ans verdunkelte Fenster.

Als alle Passagiere mehr oder minder bequem Platz genommen hatten, stieg eine grauhaarige Dame ein, gefolgt von einem jungen Offizier in grünlicher Uniform. Er schrie, sie übersetzte.

»Der ausgedehnte Nicht-Angriffs-Pakt unserer glorreichen Führer und der Aisha-Reisegesellschaft, somit, als Fragment ihrer, auch der SSCF Aisha Harmonia, umfasst unter anderem die Möglichkeit zur Besichtigung und Nutzung touristisch erschlossener Lokalitäten für alle Reisenden, die im Vorfeld überprüft wurden und eine offizielle Erlaubnis erhalten haben. Diejenigen, denen die Erlaubnis verweigert wurde, sind bereits aussortiert worden. Wichtig für Sie ist, dass jedwede Abweichung der vorgegebenen Route als Spionage angesehen und bestraft werden wird. Genießen Sie Ihren Tag in Sankt Petersburg!«

Der Soldat stieg nach erfüllter Pflicht aus, die Fahrt konnte beginnen. Neben dem Fahrer blieb die Übersetzerin stehen. Über das Bordmikrofon richtete sie nun ihre eigenen, ruhigen Worte an die Besatzung, die erleichtert und sehr müde zuhörte.

»Ich begrüße Sie alle recht herzlich in Sankt Petersburg. Mein Name ist Apollinariya Sobótka, Ihre Reiseleiterin für heute.«

Nach ein paar Fahrtminuten entdeckten die Passagiere hinter der beige-grauen Stacheldrahtsteppe, die sie umgab, ein riesiges Gebäude, das auf Füßen thronend, die daheim bereits als Hochhäuser hätten gelten können, in den Himmel wuchs. Dieser kalte Kriegsbau verband Himmel und Erde direkt, insbesondere farblich, Wolkendecke und Asphaltboden, als graue Leiter zu den Göttern – oder, was eher der Fall zu sein schien, eine Rutsche von den Göttern hinunter ins staubige Kellergeschoss.

Bald darauf tauchte die Silhouette der Stadt auf, überall durchbrochen von vergoldeten Kuppeln und Dächern. Die einheimische Reiseleiterin erzählte munter von allem, was der Bus nah und fern passierte. Eine Flut von Informationen stürzte auf die Reisenden ein. Fakten vermischten sich mit Hoffnungen; Mythologien und Legenden wurden eingestreut, eine Prise Hörensagen und Gerüchte dazu. Niemand konnte oder wollte ihre Erzählungen überprüfen, doch alle genossen die ruhige, vertrauenswürdige Art, in der sie dargereicht wurden. Im Endeffekt interessierte es auch niemanden, dachte Sorck zynisch, solange nur jemand etwas erzählte.

Breite Straßen, die Platz boten für die Wohlhabenden in Limousinen, importierten amerikanischen Fahrzeugen, massiv genug, um in Kriegsgebieten eingesetzt zu werden, für vereinzelte Durchschnittsmobile sowie eine Heerschar von Armutsvehikeln, vom Lada bis zum Eselskarren, durchzogen Petersburg. Die Fahrt führte die meiste Zeit nahe am Wasser der Newa entlang, über die Brücken, vorbei an Skulpturen, ehemaligen Palästen und Prachtbauten ausgestoßener Adeliger.

Als erstes Ziel wurde die Blutkirche angefahren.
  Sorck erging es wie den meisten seiner Reisegefährten. Er staunte. Einerseits über die Pracht und die unzähligen

Details der reich verzierten Fassade und der Türme; andererseits darüber, dass im Ausflug keine Zeit für einen Besuch des Inneren eingeplant war. Es wurden Gerüchte verbreitet über desertierte Reisende, die im vorigen Jahr an dieser Stelle Kirchenasyl beantragt hätten, um ihren in den Schiffsbars angehäuften Rechnungen – und möglicherweise der Gewalt auf der Reise – entkommen zu können, was zu einer Ausschaltung des klerikalen Risikos durch die Reisegesellschaft geführt hatte.

Sorck hatte Eva nicht vergessen.

Im Bus plätscherten weitere Anekdoten und Informationen aus den Lautsprechern, während man durch ein Netz von breiten Straßen manövrierte und so manche Gigantomanie – Paläste, Statuen, Kirchen, Brücken – passierte. Am Straßenrand parkten Limousinen, langgezogen, mit zusätzlichen Achsen verstärkt und mit schwarz behüteten Fahrern bestückt. Es konnte sich um eine Hochzeit oder ein Begräbnis handeln, um Geschäftsleute, Kriminelle oder einen Ausflug ins Grüne, einen Clubbesuch oder ein Parteitreffen. Sorck kümmerte der Grund dieser Anhäufung von Edelblech nicht. Der Schrott war da, er fiel auf, man schnaubte halb interessiert und vergaß ihn wieder.

Mit einer Mischung aus Langeweile, Traurigkeit und

Träumerei schielte er durch die Schießscharten ungezielt ins nieselige Sankt Petersburg.

Manchmal wünscht man sich an bessere Orte, deren Koordinaten man vergessen hat.

Als der Bus das nächste Mal hielt, damit die Passagiere ihr wohlverdientes, teuer bezahltes und von der Obrigkeit vorgeschriebenes Mittagsmahl einnehmen konnten, wunderte er sich sehr, dass schon wieder Essenszeit sein sollte.

Auserkoren als Ort des Schmauses war ein weiterer Ex-Palast. Sämtliche Pracht vergangener Epochen war mehr oder minder mühsam mit Klebstoff und weißlicher Farbe restauriert worden, vergoldete Statuen aus besseren Epochen oder auf Kitsch spezialisierten Kramläden – man konnte und wollte sich nicht entscheiden – verschönerten den ruinösen Burgspuk des städtischen Schlosses. Man guckte sich um und staunte ob der vermeintlichen Schönheit oder der nonchalanten Leichtfertigkeit im Umgang mit historischen Stätten. Anerkennend – manche bloß einverstanden –, wenn auch nicht begeistert, nickten die Harmonia-Tripper Eingangshalle und Durchgangsräume ab, derweil sie den einzig nicht versperrten Weg beschritten, um dann unentschlossen vor einem Saal Halt zu machen, bis die freundliche, einheimische Reiseleiterin bestätigte, dass man tatsächlich dort eintreten sollte.

Spontan schätzte Sorck, dass die Kapazitäten

ausreichten, um zwei weitere Reisegruppen gleicher Größe unterzubringen.

Allerdings befanden sich schon drei weitere Gruppen darin, die eigene folgte zögerlich ihren Befehlen und draußen fuhr die nächste Ansammlung Auswärtiger vor.

Bestückt war der Raum mit aristokratisch wirkenden Tischen und Stühlen; aus Platzgründen allerdings in einem Maßstab verkleinert, der irritierte, ohne eine eindeutige Erklärung warum. Eine Nuance zu schmal wirkten die Tische, reihten sich aneinander wie im Bierzelt, bedeckt mit weißen Laken, davor beidseitig die Sitzgelegenheiten, deren Frontseite unter die Tischkante gerückt war, derweil die Seitenkanten beinahe an denen der nächsten Stühle und die Rückenlehnen an jenen der dahinter aufgebauten Stuhlreihe kratzten. Um Platz zu nehmen, war Geschick in Organisation und Bewegung erforderlich, eine gute Logistik gefragt.

Zunächst setzte sich der Erste auf den vordersten Stuhl und quetschte sich Sitz um Sitz teils sitzend teils stehend – er ließ sich auf die Sitzpolster fallen, schob dann den Oberschenkel über die Seitenlehnen und ließ sich erneut fallen – weiter nach hinten durch, da ein echtes Aufstehen oder gar Herumgehen nicht zu realisieren gewesen wäre. In diesem Stil folgten alle anderen Reisenden. Dreist über die Sitzflächen zu stiefeln, wagte niemand.

Man kam nicht umhin, jene zu verärgern, die am

hinterrücks sich anschmiegenden Tisch saßen. Es machten sich Zweifel breit, wie die Kellner in diesem Gedränge ihre Arbeit zu verrichten gedachten. Es tauchten Desinformationen und Gerüchte von einer Essensausgabe mit Selbstbedienung auf.

Der Irrtum verbreitete weitere Unruhe und Unsicherheit. Niemand wollte noch mal aus der Reihe heraustreten müssen und das Prozedere von vorn beginnen. Manch einem wurde nun bewusst, dass er nicht so früh hätte einrücken sollen. Die beengte Situation verängstigte sie. Sie waren eingekeilt inmitten von Fremden im Rücken, einem Tisch vor sich und Fremden zu den Seiten, die sie bei jedweder Bewegung unwillkürlich mit den Ellbogen anstießen. Dann wurde ihnen schlagartig klar, dass sie sich nicht erheben konnten. Flucht war ausgeschlossen. Mehr als einer schaute sich nach dem nächsten Notausgang um. Die Nächsten versuchten ihre hektische Atmung zu bändigen, indem sie sich ablenkten und ihre Nachbarn in Höchstgeschwindigkeit mit Geschichten und Smalltalk zumüllten.

Jemand begann zu zappeln, während die Gesichter im Umfeld unruhiger wurden, schlug mit den Beinen unter die Tischplatte, konnte sich jedoch nicht befreien. Er stöhnte und schwitzte, begann zu hyperventilieren und fiel in Ohnmacht. Das Schulterzucken des Oberkellners sagte: »Da ist nichts zu machen, wir können ihm erst nach dem Essen helfen.«

Vorsichtig wurde sein Gesicht so auf dem Tisch positioniert, dass er in nächster Zeit wahrscheinlich nicht ersticken würde.

Jemand ganz hinten in der Reihe fand sich in einer Misere, von der niemand erfuhr, bis der Sitzplatz nach Beendigung des Essens nass zurückblieb. Doch das war drei Gänge später.

Zwei Tabletts mit Saftgläsern, bis zum Rand gefüllt mit Wodka, wurden herangetragen. Auf beiden Seiten des Tisches begann die gleiche Prozedur: ein Glas nehmen und weiterreichen. Aufgrund eines Zählfehlers endeten die beiden Reihenletzten mit jeweils zwei Gläsern. Es gilt als unhöflich, gastfreundschaftlich gereichte Getränke abzulehnen, und so tranken alle Gäste unter strenger Kontrolle zweier Kellner aus. Sie blieben am Rande des Tisches stehen, bis jeder sein Getränk vollständig genossen und sich mindestens mit einem Nicken bedankt hatte. Unter mittelschwerem Würgen und den Augen sämtlicher Mitreisender sowie der beiden Kellner schluckten die Doppelbeglasten nach einer unangenehmen Weile ein letztes Mal. Es konnte endlich weitergehen.

Eröffnet wurde das Menü mit traditionellem Kartoffelsalat, gereicht in kleinen, unhübschen Schüsseln. Leider entstanden Schwierigkeiten bei der Koordination der Hilfskellnerschaft – man machte es sich leicht –, denn die ersten Portionen wurden an jene ausgegeben, die zuletzt in die Sitzreihen eingerückt waren und zuvorderst am Tisch saßen. Geschickt schmiss ein Kellner in schwarzer Weste die nächsten Teller auf ihre Positionen mit einem leichten Drall, damit sie nach der Landung zum Ziel weiterkullerten. Wenig ging daneben und davon wiederum wenig auf die Reisenden. Offenbar war die Konsistenz der Vorspeise auf Wurffestigkeit ausgelegt.

Dann erst trat die nächste Kellnerbrigade an, die nun vor dem Problem stand, jene Gäste bedienen zu müssen, die außerhalb ihrer Wurfreichweite saßen. Bei diesem speziellen Problem handelte es sich lediglich um ein scheinbares. Kurzentschlossen half ein blonder Knabe aus den Reihen der Kellnerschaft drei weiteren Kollegen per Räuberleiter auf den Tisch. Sie marschierten in Kosakenstiefeln und stolzem Gebaren, das Kinn erhoben, die Augen geradeaus, über Tischtuch, Deko und reaktionsschwache Hände. Wer die Angewohnheit hatte, sein Smartphone beim Essen auf den Tisch zu legen, war an diesem Tag übel beraten. Lediglich einer der drei fand die Güte in seinem Herzen, zuvor Stiefel und Socken auszuziehen.

Um Zeit zu sparen, drang die Nachschublinie nicht bis an die hinterste Grenze des Feindeslandes vor, sondern begann den Abwurf der Kalorienbomben ab Mitte des Tisches. Präzise und lautstark hagelten die Teller auf ihre Ziele nieder. Kollateralschäden gehörten zum Geschäft.

Sorcks Überprüfung des Saals ergab, dass Serviermethoden individuell an einzelne Tische angepasst waren, denn was hier funktionierte, funktionierte einen Tisch weiter nicht mehr, was am Baustil und den herrschenden Zuständen lag.

So wurde ein Tisch zur Hälfte von einer auf mehrere Meter verlängerten Pizzabäckerschaufel, auch Pizza-Peel genannt – Reste von angebranntem Teig ließen das Werkzeug authentisch erscheinen –, bedient, derweil die andere Hälfte vom Fenster aus, von im Blumenbeet stehenden Kellnern, versorgt wurde.

Ganz hinten im Saal ließ eine komplizierte Flaschenzuganlage, unter der Decke befestigt, einen Kellner über dem Tisch schweben und von dort aus bedienen. Hauptsächlich für diesen Zweck trug er statt der sonst üblichen schwarzen Weste ein sorgfältig geknotetes Netzwerk aus Seilen, das Oberkörper und Geschlecht zusammenschnürte. Auf dem Rücken war ein Stahlring eingearbeitet, der wiederum am Flaschenzug per Seil befestigt war. Die Pragmatik der Schnürung war eindeutig, doch verstanden viele Gäste den Sinn hinter dem roten Knebel nicht und fragten sich, wieso der Gute seinen linken Arm auf den Rücken gebunden hatte.

Lebensrandsituationsanalytiker Sorck erkannte darin eine künstlerische Shibari-Hommage an die typische Haltung eines ausgebildeten Kellners, der mit rechts serviert, und die linke Hand auf den Rücken, aus dem Weg hält. Der Knebel war bloß kinky.

Die Kunstfertigkeit, die offensichtlich hinter der Knotenführung steckte, sowie die massive, hart pulsierende, geradezu sklavische Hingabe, mit der dieser Hängeknecht seine Befehle ausführte, ließen die meisten Gäste übersehen, dass es gelegentlich vom Knebel ins Essen tropfte. Übrigens blieb der Kellner auch dort hängen, während nichts für ihn zu tun war. Dann versuchte er Blickkontakt – er hatte ein blaues Paar penetrierender Augen – herzustellen mit jedem, der es wagte, gleichzeitig zu essen und ihn anzusehen.

In der hintersten Ecke, in einer vergitterten Box, die größtenteils von einem schwarzen Tuch verdeckt war, kauerte das Personal der nächsten Schicht.

Der Kartoffelsalat war kaum genießbar. Den Hauptgang bildeten weitere Kartoffeln: zerquetscht, eventuell zertreten; dazu ein Klumpen zerhäckseltes, zusammengepresstes, gebratenes Fleisch und so etwas wie Sauce. Die Methodik des Servierens änderte sich nicht, funktionierte lediglich schlechter, was wohl an den miserablen Flugeigenschaften des Essens lag. Es ging einiges verloren. Schade war das nicht.

Als Nachtisch wurde dann ein nicht weiter spezifiziertes oder identifizierbares Mus gereicht. Kaum fanden sich Mutige, die alle drei Gänge vollständig verdrückten.

Wer es schaffte, sollte es später bereuen. Korrekterweise sollte man sagen: Sie bereuten bereits beim Kauen, doch Schlimmeres sollte folgen.

Zum Glück war die SSCF Aisha Harmonia vorbereitet, mit sämtlichen Eventualitäten und Notfällen umzugehen sowie kurzfristig Seebegräbnisse durchzuführen – professionell und sauber, ohne versteckte Zusatzkosten.

Einem Rausschmiss gleich verabschiedete sich die versammelte Kellnerschaft, die sich mit Fleischhämmern bewaffnet Trinkgelder erbat.

Buchstabensuppengourmet Sorck hatte nie zuvor in einem Restaurant so wenig in so kurzer Zeit gegessen.

Martin traf im Reisebus auf eine Wand finsterer Minen, die mit jeder zusteigenden Person gewaltiger wurde. Beschämte Gesichter wandten sich von jedem fremden Augenpaar und sogar der Reflexion des eigenen ab. Das große Schweigen im Fahrzeug wurde nur durch bassiges Magengrummeln und säuerliches Aufstoßen unterbrochen. Periodisch leuchtete ein Schädel signalrot auf, gefolgt von üblem Geruch, der die Kabine minutenlang erfüllte. Den meisten Gästen konnte man die Bauchschmerzen an der Mimik ablesen.

Nach Gesprächen oder Scherzen war niemandem zumute, wodurch sich die Atmosphäre zwar ruhig, aber ausgesprochen unangenehm gestaltete.

Man starrte hohl vor sich hin oder aus dem Fenster, sofern man das Glück hatte, an einem der Ausguckschlitze zu sitzen.

Martin Sorck hatte ebenfalls nichts Besseres zu tun und tat es den wahren Realisten gleich, die mit dem Schlimmsten rechneten und auf das Beste hofften, während sie am Ende eben doch Menschen waren und enttäuscht wurden. Es hätte ihn keinesfalls gewundert, wenn es sich beim nächsten Halt um einen drittklassigen Soldatenpuff gehandelt hätte, in dem jeder Businsasse mit einem willkürlich zugewiesenen Lustobjekt Hochgeschwindigkeitskopulation zwangzusabsolvieren gehabt hätte. Oder eine weitere Wodka-Verkostung?

Er hatte die Broschüre nicht gelesen. Ansonsten wäre ihm klar gewesen, dass als nächster Programmpunkt ein Besuch der Eremitage, dem Rückzugsschlösslein Katharinas II., einem der schönsten Museen der Welt, anstand, das eigentlich schnell zu erreichen war. Eigentlich.

Plötzlich stoppte der Bus. Man hörte die Reiseleiterin die Worte »Nicht schon wieder« nuscheln.

Es folgte die entnervte Ansage: »Wenn Sie nun aus dem Fensterschlitz schauen möchten, können Sie erkennen, weswegen wir unplanmäßig stoppen: Die Armee hält eine ihrer spontanen Paraden ab. Dort vorne fahren die Panzer, dahinter kommen LKW-gestützte Mittel- und Langstreckenraketen, Stalin-Orgeln,

Infanterieregimenter und so weiter und so weiter. Bis vor ein paar Jahren wurden solche Umzüge noch ordentlich angemeldet und man konnte sich darauf einstellen. Alles sehr offiziell und durchgeplant. Irgendwann fingen sie dann an, spontan loszuziehen. An Feiertagen oder einfach mal so. Soldat Sonstwer startet den Motor, fährt in Schritttempo los und nach und nach folgen ihm andere. Es ist ein drolliges Schauspiel, wenn man die Zeit dafür hat. Ein unkontrollierbares Vorführen von Macht. Sozusagen ein militärisches Muskelzucken, das zwar reflexhaft, unnötig und unangenehm sein kann, aber manch einem dennoch imponiert. Ich sehe gerade, dass die Politik ebenso spontan auf die Parade reagiert, wie sie angefangen hat. Dort vorne auf der Bühne können Sie Staatsvertreter sehen und daneben, wenn ich mich nicht irre, ihren Kapitän Aron Bas. Man schüttelt sich sogar die Hand, demonstrativ, die Gesichter in Richtung der Massen gerichtet. Denken Sie sich die Massen dazu, da stehen natürlich nur Lakaien mit Kameras.

Verdeutlicht das nicht wunderbar den Pakt zwischen unserem Land und Ihrem Reiseveranstalter?«

Doch vielen war mehr als bewusst, dass es sich eventuell nur um eine Atempause zum Zwecke der Aufrüstung handelte, dass es also noch zum offenen Konflikt kommen konnte. Angeblich bangten alle Seiten um ihre Grenzen: Borderline-Problematik. Es grauste manchem Machthaber vor einem schnellen, jedem Augenschein nach grundlosen und völlig unvorhersehbaren Wechsel der Position Aron Bas' und mit ihm der Reisegesellschaft: mal hier, mal dort.

Die Welt stand stets auf der Kippe.

Zu beidseitiger Befriedigung und in gemeinsamem Konsens hatte man in dieser Zwischenlösung Aron vorerst samt der kompletten Problematik – hauptsächlich politisch – gefesselt und zwang ihm einen Willen auf, mit dem er gut zurechtkam.

Martin Sorck döste wieder vor sich hin.

Er hatte Eva nicht vergessen.

»Während wir warten«, begann die Reiseführerin nach kurzem Schweigen, »erzähle ich Ihnen eine Geschichte, die vielleicht hierher passt.

Ich komme aus einem kleinen Dorf an der Grenze. Ringsherum gibt es nichts als Wildnis. Man findet auch heute noch Karten, auf denen das Dorf gar nicht eingezeichnet ist. Dies könnte der Grund dafür gewesen sein, dass irgendwann einmal die Grenze so festgelegt wurde, dass sie quer hindurch verlief, in einer geraden Linie durch eine Gegend, in der es ja doch nichts von Interesse gibt. Für uns Einwohner hatte das allerdings Auswirkungen. Es gab zwar keine Grenzposten, aber eine Zeitumstellung im Sommer auf der einen Seite, auf der anderen jedoch nicht. Weil Strom im Dorf von Generatoren erzeugt wurde und Treibstoff teuer war, wurde jede

Nacht um zweiundzwanzig Uhr die Straßenbeleuchtung abgeschaltet. Gleichzeitig gingen auch alle Lichter in den Häusern aus. Durch die Zeitumstellung war es für ein halbes Jahr in der einen Hälfte des Dorfes zweiundzwanzig Uhr und in der anderen erst einundzwanzig Uhr, also noch nicht spät genug, um den Strom abzuschalten. Die Verwalter der beiden Dorfhälften arbeiteten präzise. Sie richteten es ein, dass auch in jenem halben Jahr alles nach Vorschrift lief und das Licht pünktlich nach Staatszeit abgeschaltet wurde. So ergab es sich, dass wir uns an einer Grenze wiederfanden, die sowohl unser Dorf als auch Tag und Nacht voneinander trennte. Man konnte blitzschnell vom Licht ins Dunkel springen und wieder zurück. Die Einwohner gewöhnten sich an die Situation und integrierten sie in den Volksglauben.

In unserer Gegend gibt es nämlich den Mythos vom alten Wolfsmann. Dieses Wesen ist sehr groß, läuft auf zwei Beinen, hat aber sonst etliche Eigenschaften eines Wolfes: Fell und Fangzähne und Pfoten. Weil aber sein Fell dünn und kahl ist, friert es sein Leben lang. Nur manchmal wärmt es seine Pfoten am warmen Hauch von Wanderern und Kutschern, die im Zwielicht heimkehren. Denn der alte Wolfsmann ist unsichtbar, wenn er nicht gesehen werden will, und lebt im Zwielicht zwischen Helligkeit und Dunkelheit. Nur dort kann er sehen, denn das Licht blendet ihn und macht ihm

Angst, die Dunkelheit wiederum nimmt ihm die Sicht und raubt ihm seine Kräfte.

Eines Abends streifte der alte Wolfsmann fröstelnd durch die Wälder am Rande unseres Dorfes, als er ein blondes Mädchen entdeckte. Sie trug einen Mantel, der so rot war wie der Sonnenaufgang, die hellste Stunde im Dasein des alten Wolfsmanns.

Das Mädchen hockte im Zwielicht, das beide Dorfhälften verband, zwischen den Lichtkegeln der Tagseite und der Finsternis der Nachtseite. Also ging der Wolfsmann hin, um sich die Pranken zu wärmen. Genüsslich hielt er sie in den süßen Atem des Mädchens. Da begann es zu singen und der Wolfsmann erschrak. Zwar kannte er die rauen Lieder der Kutscher und das Gegröle Betrunkener, die auf ihrem Heimweg an ihm vorübergingen, ohne ihn jemals zu bemerken, aber so etwas Liebliches hatte er noch nie gehört. Er verliebte sich in das Mädchen.

›Erschrick Dich nicht‹, sprach er zu ihm. Dann machte er sich, so langsam er konnte, sichtbar. Das blonde Mädchen war noch jung und hatte keine Angst vor ihm. Im Gegenteil: es war glücklich, einen Spielkameraden gefunden zu haben.

Es legte eine Reihe von Hindernissen auf die Straße, Stöcke und Steine, die in einer bestimmten Reihenfolge übersprungen werden mussten. Und dann begann es sein Spiel.

Der alte Wolfsmann freute sich über diese Unschuld und das Vertrauen. Ohne Umschweife spielte er das Spiel mit. Er sprang und hüpfte, wie das Mädchen es ihm erklärt hatte. Doch musste er durch das Licht der Laternen springen, das ihm Angst machte und ihn blendete, und auf der anderen Seite musste er durch die Dunkelheit hüpfen, die ihn schwächte und ihm das Augenlicht nahm. Nach ein paar Versuchen musste er enttäuscht aufgeben.

Das Mädchen aber spielte weiter. Es war konzentriert auf sein Spiel. Immer wieder sah der alte Wolfsmann es mit fester Miene durch das Zwielicht springen. Er konnte ihm nicht mehr folgen. Weil er es so hübsch fand, schwieg er und schaute zu und bemerkte dabei nicht, dass er es für zunehmend kürzere Zeit zu Gesicht bekam, dass das Zwielicht schmaler wurde. Und dann, mit einem Schlag, erloschen alle Lichter. Der alte Wolfsmann hörte das Knipsen einer Taschenlampe und Schritte, die sich kichernd entfernten, doch ihn umhüllte undurchdringliche Finsternis.

Blind und schwach stolperte er umher. Die Nacht hindurch hörte man, wie etwas gegen Häuserwände krachte, wie etwas zu Boden fiel und ab und zu vernahm man ein Schluchzen vor den Fenstern. Erst im Morgengrauen erlangte der Wolfsmann das Augenlicht wieder und schleppte sich nach Hause.

Danach kehrte das Wesen jeden Abend zum Dorf

zurück und beobachtete das Mädchen bei seinem Spiel, das es eisern betrieb, bis es so spät wurde, dass er heimwärts hetzen musste. Er wusste, dass er den Regeln des Spiels nicht folgen, dass er nicht mit ihm springend zwischen Licht und Dunkel wechseln konnte. Für eine Stunde jeden Abend für sechs Monate jedes Jahr schaute er ihm zu, sah, wie es für Augenblicke im Zwielicht auftauchte und dann wieder im Tag oder in der Nacht verschwand.

Das Mädchen wurde erwachsen und zog davon. Doch der alte Wolfsmann, so sagt man, kommt noch immer und wartet in der Hoffnung, nur für einen Moment sein kleines blondes Mädchen zu sehen, bevor es weiterzieht in Gegenden, in die er ihm nicht folgen kann.

Wenn Sie also in der Nähe meines Dorfes sind und Ihr weißer Atem sich verwirbelt, ist das der alte Wolfsmann, der sich die Hände wärmt. ›Pass auf, dass du nicht im Zwielicht singst‹, sagt man bei uns, ›denn so macht man den Wolfsmann verliebt.‹«

Martin Sorck hatte Eva nicht vergessen.

Nachdem Abteilung um Abteilung über die Straßen gerollt war – es stellte sich heraus, dass ein Unteroffizier auf der Suche nach einem Imbiss losgezogen war, was offenkundig eskalierte –, fuhr der Bus die restlichen paar Meter bis zum Eingang der Eremitage. Die schiere

Größe, die Masse des prachtvollen Baus, sog die Touristengruppe durch eine kleine Tür wie durch einen Strohhalm ins Innere. Man wurde erwartet; nicht freundlich begrüßt, aber erwartet. Apollinariya Sobótka wechselte einige Worte mit der Mitarbeiterin am Empfangsschalter. Diese schaute mit einem verbissenen Gesichtsausdruck zur Reisegruppe und wartete, bis sämtliche Besucher ebenfalls zu ihr sahen. Dann führte sie eine zackige Kopfbewegung aus, die die Aufmerksamkeit aller auf eine Reihe gefüllter Gläser lenken sollte. Nicht wenigen entfuhr ein kleiner Seufzer.

Immerhin, stellte Sorck fest, waren diese Gläser nicht bis zum Rand befüllt. Außerdem war der Wodka ausgegangen, denn über dem klinischen Alkoholgeruch lagen noch weitere Noten. Dies fiel den meisten allerdings nicht auf. Erst mit der Zunge entdeckten sie, dass sie statt Wodka Rum oder Tequila tranken.

Im Angesicht der Gläserreihe begann Martin in der Tasche zu kramen. Er spülte mit dem Getränk eine Handvoll Tabletten gegen Sodbrennen und gegen Durchfall hinunter, sowie eine, die er nicht mehr zuzuordnen wusste. Jedem Schluck stemmte sich der Körper härter entgegen als dem vorherigen. Doch mit der Zeit leerten sich alle Becher und der Höflichkeit war Genüge getan.

Reiseleiterin Sobótka schleuste die geleiteten Reisenden in die Ausstellung und begann ihren Vortrag. Raum um Raum, Satz um Satz sollte das Wissen wachsen. Sie passierten Werke der großen Meister. Bilder, Bronzen, Gedöns.

In einer reich verzierten, hochgewölbten Halle traf Problemdauerrepetent Sorck mit seinem Trupp Sandalenzombies auf eine Skulpturengruppe aus weißem Marmor von Canova. Dargestellt war, so unterwies die Kulturfachfrau ihre zu Unterweisenden, »eine Szene zwischen Cupido (also Amor), dem knabenhaften Sohn der Venus(also Aphrodite), dem Bruder der Harmonia, dem göttlichsten der Liebhaber und die Verkörperung der Verliebtheit an sich, mit seiner Gattin, Harmonias Schwägerin, Psyche.«

Zärtlich lehnte Cupidos Lockenkopf an der beinahe mütterlichen Schulter der größeren Psyche, die ihm sanft und vorsichtig einen Schmetterling in die Hand legte, das Symbol der Seele. Da »Psyche« das griechische Wort für Seele war, gab sie sich selbst in seine Hände.

Bekanntlich wurde Psyche als sterbliche Königstochter geboren und nach vielem Hin und Her und einer schneewittchenhaften Reanimation, einer Kussdefibrillation durch Cupidos Lippen, endlich per Ambrosiainfusion auf der Intensivstation des Olymp vergöttlicht, wo sie dann umgehend mit dem Knabengott verheiratet werden konnte. Später warf sie eine wunderschöne

Tochter namens Voluptas, was »Wollust« bedeutete, die allerdings von den Christen als Todsünde nicht offiziell verehrt werden durfte. Daher stellte man sie als Frau Welt eher abscheulich dar in späteren Jahren.

»Canova, der die Skulptur achtzehnhundertundacht fertigstellte, lebte unstet als Herumtreiber, Trunkenbold und Hurenbock, bis er einem geheimnisvollen Mädchen begegnete, das seine Perspektive änderte und sein Verhalten umkrempelte. Es heißt, er stellte es etliche Male in Figuren dar. Nachdem er seinen Sinn in der Kunst gefunden hatte, ließ er sich von nichts mehr abhalten, seine Werke zu kreieren. Bei der Arbeit am Grabmal von Papst Clemens XIV. deformierte die Dauerbelastung durch verschiedene Werkzeuge seine Rippen dermaßen, dass er fortan nur noch unter Schmerzen arbeiten konnte.«

Trümmerexistenzler Sorck betrachtete das steinern stabile Paar eindringlich in seiner Makellosigkeit und beneidete die Verhärteten um ihre Friedlichkeit. Ihm wurde bewusst, dass ihnen der Vorteil marmorner Ewigkeit einen Mangel an Duktilität auferlegte, durch den man sie mit einem einzigen Schlag zerschmettern konnte, derweil seine eigene, schwammige Kurzlebigkeit ihn so manche Verformung hatte überstehen lassen.

Die Ewigkeit erlaubt keine Veränderungen.

Nichts blieb unerklärt, keine Information ungegeben, keine Frage unbeantwortet seitens der wissenden Leiterin, bis sie sich selbst eine Frage stellte.

Wieso schlossen sich immer mehr Türen um sie herum?

Erst wurde lediglich jede Kammer, die sie verließen, kurz darauf versperrt. Dann aber fanden sich auch Räume verschlossen, die sie noch nicht betreten hatten und laut Frau Sobótka Kostbarkeiten enthielten. Dass den von so fern Angereisten der Zugang zu diesen Schätzen verwehrt werden sollte, ärgerte sie sowohl auf professioneller als auch auf privater Ebene. Sie war stolz auf ihre Arbeit und stolz auf das kulturelle Erbe, das hier zusammengetragen worden war und über das sie so viel zu sagen wusste. Jetzt fühlte sie sich in ihrer Reiseführerinnenehre gekränkt.

Einen der desinteressiert herumsitzenden Museumswärter fragte die resolute Dame grimmig und fast ein bisschen grob, was denn das alles zu bedeuten hätte.

Für den Abend, erfuhr sie, hatte sich ein Offizieller, der anonym bleiben wollte, angekündigt.Das war keinesfalls schlimm, bedeutete allerdings, dass alle Durchschnittsbesucher, Mindere aus Sicht der Oberen, Plebejer, bis zu einem Zeitpunkt das Gebäude geräumt haben mussten, der etwa eine Stunde vor seinem Eintreffen und etwa dreißig Minuten nach Bekanntgabe der Information, nach der erst gefragt werden musste, liegen sollte.

»Na geil«, schallte es durchs kollektive Unterbewusste.

Im Eiltempo wurden die Reisenden durch die unzähligen Räume und Säle geführt, die gefüllt waren mit den fantastischsten Kunstwerken und historischen Objekten, die von den meisten nie wieder würden betrachtet werden können, stets verfolgt vom Knallen sich hinter der Gruppe schließender Türen und grimmiger Wärter, deren Blicke im Wechsel von der Armbanduhr zu den Besuchern huschten. Ein Farbenrausch von Halbeindrücken und verzerrten Erinnerungen blieb unsortiert im Gedächtnis kleben, noch völlig roh und unverarbeitet, als neue und wieder neue Bilder durch die Sinnesorgane ins Gehirn brandeten und an einer grauen Mauer anschäumten, vor der die Besucher auf ihrem Gang nach draußen landeten. Nicht nur diese Reisegruppe, sondern etliche versperrten, eingezwängt von besagten Steinwänden, einander gegenseitig den Weg. Schmale Ausgänge leiteten die Gruppen aus der Ausstellung in einen weiten Saal, der wiederum nur durch eine schmale Tür verlassen werden konnte. Draußen regnete es. Heraustretende Besucher verblieben unter dem Vordach, um Schirme aufzuspannen oder sich unterzustellen. Was daraus entstand war ein Gedränge, das größer und größer wurde. Menschen suchten verzweifelt nach Bekannten oder Ausgängen in diesem fremden Land, in diesem bedrohlichen Zustand.

Martin sah Farbe von kaltem Schweiß aus Gesichtern gewaschen werden, Augäpfel verschluckt von ihren Pupillen. Wie Verdurstende leckten sich Eingepferchte unwillkürlich die Lippen. Panik mischte sich ins Mienenspiel. Panik mischte sich ins Verhalten. Hände krallten sich in Jacken fest. Arme drängten in kleinste Zwischenräume, um ihren Leib hinterher zu ziehen. Als stünden sie alle bis zum Hals unter Wasser, plantschten und traten sie. Jeder kämpfte allein, während die Gesamtheit der Eingekesselten in Richtung des Ausgangs drängte und hinter ihnen die Ausgangstüren der Ausstellung geschlossen wurden. Als die paar in der Halle verbliebenen Museumsangestellten der Situation und der in ihr liegenden Gefahr gewahr wurden, verzogen sie sich in Büros und Putzmittelkammern, wo sie beschäftigt taten und sich Ausreden ausdachten, falls irgendwann Verantwortung von ihnen verlangt werden sollte. Niemand war schuld. Alle waren schuld. Aber nicht alle Besucher schafften es hinaus. Nur die Kräftigsten der Gruppe – und außerdem Martin Sorck –, schafften es, sich aus dem Museum und in den Bus zu retten, um in Höchstgeschwindigkeit zum Hafen zu gelangen. Trotz strengster Einreisekontrollen interessierte sich kein lokaler Soldat für die hastige Ausreise der Gruppe. Die Grenzschützer lungerten herum, unterhielten sich und winkten sämtliche Ausreisende gelangweilt durch einen piependen Metalldetektor, der nicht viel mehr als Deko war. Schon war man wieder an Bord.

Die Reisenden schrien auf die Crew ein, manche unter Tränen, abzulegen und diesen Ort zu verlassen, aber die Antwort war ernüchternd.

Es konnte noch nicht abgelegt werden, da der Kapitän noch die Eremitage besichtigte.

Erneut hatte die SSCF Aisha Harmonia Urlauber zurücklassen müssen, aber auch diesmal nicht mehr als im Vorfeld erwartet. Um auszugleichen, kaufte man eine Handvoll Seelen hinzu, die nun in der neu eröffneten Bar, Fubar getauft, arbeiteten. All das kalkulierte man lange im Voraus. Die Erfahrung vieler Jahre hatte gelehrt, dass zu diesem Zeitpunkt der Reise ein Mehrbedarf an Bars bestand und zusätzliches Personal benötigt wurde – zugekauft oder freigestellt, denn das Zimmer eines Toten muss nur noch einmal gereinigt werden –, weswegen die Räumlichkeiten für diesen Zweck bereits vorhanden waren, aber zuvor anderweitig genutzt wurden.

Die Fubar hatte besonders günstigen Fusel im Angebot und verkaufte Opium – als kleinen Gag –, sobald man internationale oder von der Reisegesellschaft kontrollierte Gewässer erreichte.

Hauptsächlich wurde diese Spelunke von Kreuzfahrtneurotikern frequentiert, die unkontrolliert zuckten, deren verlorene Gliedmaßen noch immer juckten oder die nachts kaum mehr schliefen, weil Flashbacks von Landgängen und Museumsbesuchen sie quälten.

In einer dunklen Ecke saßen drei ältere Herren, die passenderweise Russisch Roulette spielten, in einem Versuch, ihrer Zusammenkunft Lokalkolorit zu verleihen und noch einmal etwas, irgendetwas, einen Hauch Lebendigkeit, zu spüren.

Sorck fühlte sich dort nicht ganz fehl am Platz und hatte sich eine Flasche Bourbon kommen lassen, trank nun Glas um Glas allein in der bedrückenden Atmosphäre, die zwar von deutschen Männern und russischen Damen bevölkert war, aber mehr an ein vietnamesisches Kriegsgefangenenlager erinnerte.

Auf einem abgewetzten Blatt Papier schrieb Martin stichpunktartig auf, was im Laufe des Tages passiert war. Sporadisch bemerkte er, dass er Details ausgelassen hatte. Dann kritzelte er in winziger Schrift zwischen zwei Zeilen eine weitere oder markierte mit kleinen Sternchen und ergänzte an anderer Stelle. Das gesamte Blatt füllte sich horizontal und vertikal. Dies war seine erste Liste seit Warnemünde und er stoppte die Listenmacherei nur für Sekunden, um zu trinken oder sich nervös umzusehen.

Plötzlich erschien Moses Arsonovicz vor dem Eingang, sondierte neugierig den Laden und wirkte unschlüssig, aber interessiert, blieb jedoch vor der Tür stehen. Als spräche er mit sich selbst, schüttelte er überzeugt das

Haupt und lief nachdenklich und mit einem Ausdruck von Stolz davon.

Als kleinen Muntermacher bekam jeder neue Gast zur Begrüßung ein rotes Bandana und einen Shot. Das Stirnband trug Sorck noch mit Stolz und Vergesslichkeit, als er jählings eine Erscheinung hatte.

Mit einem Mal war der Eingang hell erleuchtet von warmem Licht; frische Luft vertrieb den abgestandenen Tabakdunst, ein Hauch von Blumenduft wehte hinein. Scheinbar ohne Schritte betrat Eva den Raum. Er wunderte sich, dass alle weitermachten wie zuvor, anstatt innezuhalten und sie anzusehen, einfach nur anzusehen. Wie konnte man so viel Schönheit übersehen?

In Abwesenheit besserer Alternativen – so interpretierte Martin Sorck die Situation später – setzte Eva sich zu ihm, winkte geschmeidig ein Glas herbei, während er seinen Zettel heimlich in die Tasche stopfte, und trank mit ihm. Er war sich nicht sicher, ob sie sich an ihn erinnerte. Vielleicht hatte sie sich zum Whiskey gesetzt, nicht zu ihm.

»So sieht man sich wieder.«

Martin plauderte aus Nervosität Nichtigkeiten, die ihm bereits auf den Lippen wieder peinlich und bitter wurden. »Scheint wohl so.«

Womöglich bemerkte Eva, was vorging.

»Unter Deck ging es ganz schön ab, oder? Also, ich

meine, ich erinnere mich nicht mehr an alles, da war jede Menge Gewirbel, jede Menge kleiner Details, die sich nicht zu Abfolgen zusammensetzen wollen, sondern Momentaufnahmen bleiben. Und gestern habe ich dich im Theater gesehen. Das warst doch du, oder? Ich darf dich doch duzen?«

Hastig schluckte er, sie nippte lediglich.

Ab und an, während er redete, lächelte sie kurz oder nickte, zuckte mit den Schultern oder zog eine Augenbraue hoch. Martin verkrampfte in seiner Bemühung, locker zu wirken.

»Ist das dein Ding? Du reist durch die Welt, machst Party und hüpfst auf der Bühne herum, um das zu finanzieren?«

Eva blickte ihm kalt in die Augen, dann drehte sie sich wieder ihrem Drink zu.

»Also ich, weißt du, ich kann nicht recht sagen, was ich mache. Das klingt ziemlich albern. Entschuldige. Die Sache ist, dass ich nicht weiß, was noch kommen wird, was mir noch bevorsteht. Ich weiß nicht, was ich tun soll. Meine Wohnung ist abgebrannt und mit ihr alles, was ich besessen habe. Das war nicht viel, wenig von Wert, aber da steckte so viel Zeit und Arbeit drin. Ich habe immer diese Listen gemacht.«

Er schluckte einen Doppelten.

»Listen von allem. Also zum Beispiel, wann ich morgens aufstand, was ich gegessen habe und all das. Es war ein Projekt, das ich in meiner Jugend angefangen habe, weil ich dachte, ich werde mal berühmt und dann will irgendjemand wissen, wie mein Leben aussah, wen ich getroffen habe und was mir wichtig war. Irgendwie hat sich das immer weiter ausgedehnt. Es hat mir Kontrolle gegeben, obwohl es gleichzeitig zwanghaft war. Vielleicht war es deswegen zwanghaft. Auch habe ich irgendwann nicht mehr unbedingt an Biographen gedacht, sondern an Kinder oder Enkel, die das alles lesen würden. Aber ich habe keine Frau und keine Kinder. Eines Morgens würde ich sozusagen richtig aufwachen, dachte ich mir, etwas Besonderes tun, ein Buch schreiben oder auf bessere Weise meine Spuren hinterlassen. Es ist niemals dazu gekommen. Abends lag ich im Bett, war enttäuscht und habe vom Erfolg geträumt und von alten Bekannten, die mir gratulieren. All das anscheinend nur, um mich abzulenken von meiner Enttäuschung.«

Eva wandte sich ihm zu und dann ihren Händen, als sie bemerkte, dass er seine Geschichte beendet hatte.

»Dann ist es vielleicht besser so.« Sie lächelte ihn an, legte zum ersten Mal ein bisschen ungeschickt ihre Hand auf seine Schulter. Martin bewegte die eigene Hand still zu ihr, jedoch zog Eva sie sofort wieder weg, nachdem die Fingerspitzen sich kaum berührt hatten. Dann erhob sie sich und ging. Martin ließ die Hände zum Tresen sinken. Nach ein paar Schritten drehte sie sich noch einmal um. Sie kehrte zurück. Martin spürte die Wärme ihrer

Haut, als sie ihn streifte, glaubte, sie werde seine Hände greifen oder ihn küssen – warum sollte sie ihn küssen? –, während sie sich vorbeugte.

Sie griff die Flasche Whiskey und füllte ihr Glas. Für Martin Sorck wirkte sie beinahe so durcheinander und enttäuscht wie er selbst. Schweigend stürzte sie den letzten Drink hinunter und verschwand dann endgültig. Martin blieb; erleichtert und verwirrt und nach kurzer Zeit mehr von zweiterem. Sie hatte nicht viel gesagt. Eigentlich konnte er sich nicht sicher sein, ob sie noch wusste, wer er war. Aber dennoch glaubte er daran.

Die Sache mit dem Herumhüpfen auf der Bühne hätte er wohl nicht sagen sollen. Da hatte sie verletzt gewirkt.

Langsam zog er einen Aschenbecher zu sich heran, kramte den vollgeschriebenen Zettel aus der Tasche und nahm sich eine Packung Streichhölzer von der Bar. Zeremoniell entnahm er ein einzelnes Holz und legte es auf die Theke. Dann erst schloss er das Schächtelchen wieder. Er hielt es an sein Ohr und schüttelte es zweimal.

Mit leichtem Seufzen platzierte er die auseinandergefaltete Liste auf dem Aschenbecher, hob das Streichholz auf, entzündete es schnell und ließ die Flamme an die äußerste Ecke des Zettels wandern. Er hob das Blatt an, drehte und wendete es. Schnell fraß sich das Feuer durchs weiße Gewebe, ließ sich nicht aufhalten von Falträndern oder Stichpunkten. Graue Schleier lösten sich, erhoben sich in die Luft und sanken sanft tanzend wieder herab.

Erst als sein Daumen die Hitze deutlich spürte, warf Sorck das brennende Papier in den Aschenbecher. Aus Flammen wurde Glut und dann Schwärze, aus Stabilität zartestes Pulver, nur durch Gewohnheit in geschwungener Form gehalten, aus Materie wurde Energie. Asche blieb, eine Erinnerung an seine Wohnung, an seine Vergangenheit. Er schüttelte sich.

Martin konnte es nicht auf sich beruhen lassen.
»Also ist da doch mehr als nur dieses junge Ding, das gerne feiert?«
Da musste mehr sein, sonst wäre er nicht derartig fasziniert gewesen. Die Logik war unumstößlich. Martin Sorck interessierte sich nicht für leere Hüllen, ganz egal, wie hübsch sie anzuschauen waren. Davon war er überzeugt.
Vielleicht war sie schüchtern und hatte deshalb so wenig gesagt, vielleicht war sie eingeschüchtert von ihm oder wollte ihn nicht unterbrechen? Hatte sie ihm schlicht nichts zu sagen oder hatte er sie nicht zu Wort kommen lassen?
Es bestand die Möglichkeit, dass sie erheblich mehr von diesem Treffen erwartet hatte als er, mehr als er jemals gedacht hätte. Vielleicht war ihre Intention gewesen, ihm eine Chance zu geben. Eine Chance wozu? Eine Chance worauf? Und natürlich hatte er es nicht gesehen, sondern Unfug geplappert, sich vom Alkohol verführen

lassen, melancholisch zu werden und von seinen Listen zu erzählen. Seine Listen. Es war schon verrückt genug, dass es diese Listen mal gegeben hatte, aber es auch noch zu erzählen? Einer Fremden?

Während er nachdachte, trank Martin Sorck weiter und ignorierte das Gegröle und das Weinen traumatisierter Reisender, die sich hinter ihm gegen Bezahlung trösten ließen.

Ein Blick auf die Uhr verriet ihm, dass es noch nicht so spät war, wie er befürchtet hatte. Das Zwielicht der Fubar erweckte den Eindruck, es wäre spät genug, um brave Gesellschaftsmitglieder ins sichere Heim und Kinder ins Bett zu schicken. Sein Magen grummelte. Nicht mehr aufrührerisch, sondern hungrig. Noch gab es Gelegenheit, im Restaurant zu Abend zu essen.

Besorgt, sich wieder durch drängelnde Menschenmassen quetschen zu müssen, machte er sich auf den Weg. Doch als er ankam, erfüllten sich seine Befürchtungen nicht.

Die Gäste hatten für den heutigen Abend eine bisher ungekannte Scheu gegen Berührungen entwickelt. Deutlich erkennbar hielten sie Abstand. Hintergründig hörte man die Motoren an der Ausfahrt aus Petersburgs Hafen arbeiten.

Martin griff sich einen Teller und befüllte ihn. Am Ende des Buffets hatten die Bordsanitäter einen eigenen

Stand aufgebaut. Es schien eine angemessene Geste zu sein. Kellenweise schöpften sie Pillen, Kapseln und Tabletten, gaben Suppenschüsseln voll mit Lösungen aus. Globuli dienten als Dessert.

Martin deckte sich ein und setzte sich neben Moses Arsonovicz an seinen zugewiesenen Platz.

Martin zerdrückte mehrere Pillen zu einer Panade für das Fleisch und streute Pulver aus Kapseln in die Bratensauce.

Mit ehrlicher Freundlichkeit sprach Moses ihn an: »Schön, dass Sie es geschafft haben. Als ich vorhin hier ankam und Sie nicht entdecken konnte, habe ich schon das Schlimmste befürchtet und die Heldentafel überflogen, aber dort hat man keine neuen Namen angeschlagen. Gar keine. Dabei sind doch deutlich weniger Leute wiedergekommen als losgezogen, oder?«

Martin kaute hastig. Er hatte zuvor nicht realisiert, wie hungrig er war. In seiner Fressgier verschluckte er sich und hustete. Ein dünner, pulvriger Nebel stand für einen Moment in der Luft. Dann aß Sorck weiter und redete zugleich: »An solchen Tagen bleibt einiges auf der Strecke. Sie waren also nicht an Land?«

»Heute nicht. Ich hatte Befürchtungen, dass es schlimm werden könnte. Diese Befürchtungen habe ich zwar durchgängig, aber diesmal waren sie stärker als die Sorge, dass ich meine Zeit verschwenden und etwas verpassen würde. So ist das nun mal. Man kann nicht immer gegen den inneren Schweinehund gewinnen. Aber manchmal stellt sich heraus, dass die Niederlage auch ihre Vorteile hat.«

Zunächst konnte Martin Sorck darauf bloß nicken. Dann brachte er doch eine Antwort heraus: »Die Erleichterung, dass Sie die richtige Entscheidung getroffen haben, ist Ihnen deutlich anzusehen. Das ist völlig in Ordnung. Viele hier werden sich wünschen, sie wären auf dem Schiff geblieben. Meine Situation ist eine andere. Ich mache mir auch Sorgen. Tatsächlich habe ich Angst vor einer großen Entscheidung im Anschluss an diesen Urlaub. Eine schwierige Tat oder eine harte Zeit? Das ist dann die Frage. An Tagen wie diesen hege ich die Hoffnung, dass mir die Entscheidung abgenommen oder wenigstens erleichtert wird.«

Darauf wusste Arsonovicz nichts zu erwidern. Er wollte nachfragen, aber hielt es nicht für angebracht und wartete lieber ab, was Martin von sich aus erzählen würde. Dieser aber erhob sich, drückte Moses die Hand und verließ das Restaurant. Auf dem Weg durch die Tür überlegte er für eine kurze Weile, ob er nochmals in der Fubar einkehren sollte. Mit einer Prise Glück könnte er Eva dort wiedersehen. Den Gedanken schlug er sich jedoch schnell wieder aus dem Kopf. Für heute reichte es. Besser, er ging direkt ins Bett.

Mit der typischen Tristesse eines Trinkers zu später

Stunde kam Martin in der Kabine an, nichts als eine blonde Frau in den Gedanken und eine Leere im Herzen, die er so lange nicht mehr wahrgenommen hatte, dass er sie für Einsamkeit hielt. Er hatte nicht ganz Unrecht. Die Kabinenwand zeigte mal wieder Picassos Gitarristen in Blau, mit dem sich Sorck inzwischen ungewöhnlich verwandt fühlte.

Endlich im Bett angekommen, versank er zügig in Finsternis. Er warf den Ballast des Tages ab und entspannte bewusst seine Muskulatur. Die Schultern sackten ruhig ein, der Körper passte sich der weichen Flachheit der Matratze an. Nur ein paar kleine Muskeln im Gesicht zuckten noch, nachdem er den Druck von ihnen genommen hatte. Gleichzeitig wandten sich seine Augäpfel unter schweren Lidern nach oben, drehten sich genüsslich in die Dunkelheit der Höhlen. Schlaf legte sich über ihn wie warmer Nieselregen.

In der Nacht fand er sich im Spiel mit einem Jugendfreund wieder. Er warf Martin einen Ball zu, den er nicht zu fangen vermochte. Selbstsicher griff er danach, fasste jedoch ins Leere. Der Ball glitt ihm zwischen den Händen hindurch und hüpfte eine abschüssige Straße hinab. Martin rannte hinterher, versuchte ihn einzufangen. Jedes Mal, wenn er ihm nahekam, beugte er sich hinab und griff mit beiden Händen zu. Doch jedes Mal verpasste er das richtige Timing. Er erreichte ihn nie. Am

Ende der Straße prallte der Ball gegen eine Haustür und verschwand.

Martin wusste, dass sie zu seinem Zuhause gehörte, zu dem Haus, in dem er seine Kindheit verbracht hatte, in dem er aufgewachsen war.

Er wollte hineingehen, wurde jedoch von zwei Wachen, einer Frau und einem Mann, mit ausgestreckten Armen abgehalten. Martin erklärte, wer er war und dass er in jenem Haus wohnte, aber sie betrachteten ihn nur wie einen Fremden. Sie erinnerten ihn an seine Eltern.

Da sie auf seine Erläuterungen nicht reagierten, versuchte er gewaltsam zwischen ihnen durchzubrechen. Doch sie hielten ihn mit einer entmutigenden Leichtigkeit auf Abstand. Wieder und wieder probierte er es, nannte seinen Namen, versuchte sich zu erklären, kundzugeben, wer er war und was er wollte, dass er dort hinter diese Tür gehörte. Dort war er zuhause. Und er wollte so dringend nach Hause.

Er wurde nicht verstanden.

Am nächsten Morgen wachte Martin Sorck noch vor dem Klingeln des Weckers auf, doch vermochte er zunächst nicht aufzustehen.

In die ruhige Melancholie, die sich stumpf und lähmend auf ihn gelegt hatte, ohne ihn vollends zu zerdrücken, mischten sich schubweise Reue und Wut, Erinnerungen an den vorigen Tag, Selbstvorwürfe, der bittere Nachgeschmack des Versagens. Satzfetzen, vereinzelte Worte, kurze Bildfolgen, Blicke Evas – immer wieder knallten sie ihm durch den Geist wie ein gerissenes Starkstromkabel. Martin schüttelte den Kopf. Als Evas Gesicht erneut auftauchte, schlug er sich mit den Handballen an die Schläfe. Gewaltsam drängte er alle Gedanken an den vorigen Abend beiseite, ließ die Erinnerung an sein Verhalten und sein Versagen nicht mehr zu. Was in seiner Macht stand, tat er, um das Ziel zu erreichen. Es half wenig. Der Fluch der Halbwachen und verkatert Selbstreflektierenden hatte ihn fest im Griff, denn er wusste, was sein Traum bedeutete und er wusste, was er anrichtete, als er ihn und seine Bedeutung beiseitedrängte. Seine Intelligenz hatte ihn bei den Eiern gepackt und er verfluchte sich dafür. Um die quälenden Gedanken zu blockieren, überschwemmte er seinen Geist mit Fragen, deren Antworten er bereits kannte und die ihn nicht berührten. »Wohin führt der heutige Ausflug? Was gibt es denn in Helsinki zu sehen? Wo zur Hölle bin ich falsch gelaufen?« Kurzes Aufstöhnen. Kopfschütteln.

»Heute wird es sicherlich besser als gestern.«

Martin musste sich nicht selbst glauben, nur die Gedanken neu ausrichten.

»Wie konnte ich mich gestern schon wieder so zum Affen machen? Habe ich mich zum Affen gemacht?«

All zu häufig verstand er, was er tat, was er falsch machte, dass er etwas falsch machte, und konnte nur machtlos zusehen, wie er wieder und wieder alles ruinierte.

Martin musste nicht recht haben mit seinen Gedanken, nur denken musste er sie. Dabei schien das gar nicht mehr nötig. Er war frei. Er hatte nichts mehr zu verlieren. Nichts zu verlieren mit Ausnahme seines Lebens, dieses Lebens. Was kümmerte es ihn noch? Was kümmerte ihn Eva noch?

»Scheiß auf sie. Was glaubt sie, wer sie ist?«

Die wichtigere Frage jedoch war, was er glaubte, wer sie sei, wer sie für ihn sei. Sorck probierte es mit Wut und schimpfte mit wankender Stimme vor sich hin.

»Hoffentlich gibt es zum Frühstück schon was zu trinken, Sektfrühstück, man gönnt sich ja sonst nichts, wir sind ja schließlich im Urlaub.«

Martin wurde fündig, stumpfte sich ab für den Tag, einen aufregenden Tag in Gesellschaft großer, finnischer Menschen, haariger, roher Männer, die nackt in zugefrorenen Seen baden, die von Hand Löcher in dickes Eis knüppeln, um das Mittagessen zu fischen bei minus fünfundzwanzig Grad, Nachfahren der Wikinger, echte Männer und noch echtere Frauen, Ureinwohner des Nordens, die mit Fellen behangen riesige Elche jagen, weil alle Mammuts längst erschlagen sind, mit nichts als einem Faustkeil bewaffnet, mit bloßen Händen, wenn es sein musste.

Er vermischte in seinem Menschenbild der Finnen

Geschichten über Wikinger und das, was er im Lateinunterricht bei Caesar über die Germanen und andere Barbarenvölker gelernt hatte. Ihm fiel ein, dass der große Feldherr davon überzeugt gewesen war, Elche hätten keine Kniegelenke. Man jagte sie, indem man Baumwurzeln untergrub, an die sich Elche zum Schlafen lehnten, da sie sich ohne Knie nicht hinlegen konnten. Die Bäume stürzten um, die Elche gleich mit und waren nicht imstande wieder aufzustehen.

Sorck fiel außerdem wieder ein, dass Marco Polo auf seinen Reisen Einhörner entdeckt hatte, sie aber nicht besonders ansehnlich gefunden hatte, weil es in Wirklichkeit Nashörner gewesen waren. Charles Darwin hatte alle Tiere gegessen, die er studiert hatte.

Das waren noch echte Entdecker, echte Macher gewesen. Kommen, sehen, siegen. Trotz aller Strapazen und Irrtümer hatten sie Neugierde bewiesen bis zum Letzten – welche Hölle kommt als nächstes?

Oder eben kommen, entdecken und essen. Entsprach das nicht genau dem Verhalten von Touristen?

Martin Sorck grübelte und trank, hetzte sektprickelnd durch Assoziationen und kam zu dem Ergebnis, dass er ein Tourist auf der Reise durch für ihn neues Verhalten war, ein Entdecker seiner eigenen Monster, Julius Caesar im Germanien des Bewusstseins, Befreier Psychoanalysiens, jeden Widerstand mit Legionen aus Alkohol niederschlagend, jedes unbekannte Gefühl neugierig betrachtend, dann tötend und es herunter würgend.

Er frühstückte offenkundig mehr als für seine Grübeleien zuträglich war. Wikinger. Endlich echte Menschen als Ausgleich zu den blassen Dicken auf seinem Boot. Menschen, die in und mit der Natur lebten, ihrer Umwelt zugehörig waren, stur und kräftig. Finnen, das klang schon wie Tannen, groß und ungebrochen vom harten Herbstwind.

Am liebsten wäre Vorurteilsjongleur Sorck ebenfalls nackt in eiskalte Seen gesprungen und verdrängte die Tatsache, dass er nicht unter die Dusche steigen konnte, bevor eine angenehme Temperatur erreicht war.

Sorgfältig darauf bedacht, seine Stimmung beizubehalten, nicht nachzulassen im Kampf mit den metaphorischen Germanen des Geistes – Unterdrückung durch Unterwassersetzen –, besorgte sich Martin Sorck in direktem Anschluss ans Frühstück einen Flachmann im Souvenirshop und eine Flasche irischen Whiskey am schiffseigenen Kiosk.

Die bärtigen Männer Helsinkis, die Böcken die Hörner vom Schädel rissen, um sie als Becher zu gebrauchen, würden nichts dagegen haben, wenn er trinkend durch die Gassen pilgerte.

Wohlversorgt traf er pünktlich am Sammelpunkt der Reisegruppe ein.

Keine modernen Mobile würden die wackeren Heerscharen der SSCF Aisha Harmonia transportieren. Muskelkraft war angesagt. Jeder Ausflügler schulterte schweres Marschgepäck, in dem sich Verpflegung für mehrere Tage, Kleidung zum Wechseln, Bewaffnung und Baumaterialien für die schnelle Errichtung von Verteidigungsanlagen befand. Flyer mit Ikea'esquen Bauanleitungen für Wälle, Gräben und Wachtürme wurden verteilt. Der Reiseleiter trug eine Standarte mit dem Banner der Reiselegion – eine Meerjungfrau, die höhnisch auf die Waage in ihrer Linken blickte –, behangen mit einem schweren, grauen Wolfsfell. Ein Teilnehmer hatte Schwierigkeiten seine Action Cam am stählernen Helm zu befestigen, aber mit Panzerband klappte es.

Auf den Ruf des Reisekommandanten hin ging es los: »Harmonia Victor!«

Obwohl Helsinki als befriedetes Gebiet galt, in dem keinerlei Feindseligkeiten zu erwarten waren, marschierte man in Schildkrötenformation los – jeder sich und den Nachbarn mit dem Schild schützend; man kennt das. Eine für Fototouristen unzumutbare Aufstellung.

Sorck löste die Formation noch in Sichtweite des Wassers wieder auf, entledigte sich heimlich jener Bestandteile des Gepäcks, die er für überflüssig hielt (Spaten, Holzpfähle, Kurzschwert), und schlurfte weniger beschwert – der Pfad der Gerechten ist zu beiden Seiten gesäumt von Gerümpel – und gähnend der Kolonne hinterher. Durch die eisige Kälte und über raue, aber sorgfältig gestreute Straßen kämpfte sich die Touristenlegion zu ihrem ersten Ziel vor, das sie widerstandslos zur Besichtigung einnahm. Als Sorck mit geringer Verzögerung und großer Vorfreude auf finnische Riesen angeschlendert kam, wurden bereits die ersten Befestigungen errichtet, Gräben ausgehoben und Boten zu lokalen Verbündeten ausgesandt, um Reiterei zur Verstärkung zu akquirieren. Und das alles in einem Innenstadtpark. Darauf brauchte er erstmal einen großen Schluck.

Nachdem er sich im Park umgesehen hatte, benötigte er noch weitere Schlucke. Gepflegte beige-braune Fußwege, sattgrüne Pflanzen, ordentlich gewachsen. Ein Stadtpark, eingekeilt zwischen Straßen, belagert von Modegeschäften. Er prüfte seine Umgebung, suchte. Enttäuschend. Statt massiger Nachfahren des Atlas, statt zweiäugiger Polypheme, statt indogermanischer Herkulesse fand er schmale Jungs in engen Hosen mit Katzenohren, als Figuren japanischer Zeichentrickfilme verkleidet, Otakus und Emos, er fand Fanboys und Femboys und Furrys, Cosplayer und kleine Mädchen, die sich »Konichiwa« zukreischten.

(Wolfgang schnappte bald über vor Freude und ist seitdem und bis zum heutigen Tage wohnhaft in Helsinki.)

Wo waren die hünenhaften Kriegerkerle? Die

großgewachsenen Helgas, die Schildmaiden, die derb geflochtenen Zöpfe? Martin Sorck verstand diese neumodischen Dinge nicht, diese Subkulturen, die es in seiner Jugend noch nicht gegeben hatte. Nicht dass er Einwände dagegen gehabt hätte, er wusste nur nichts damit anzufangen. Der Fluch des Seniums grüßte frühzeitig. Er erwartete anderes und war folglich enttäuscht.

Doch dann entdeckte er im Zentrum des Parks eine Statue. Ein Mann in dicken winterlichen Kleidern, mit einem einfachen Gewehr in der Hand. Jemand hatte sie mit Blumenkübeln und kleinen Bäumchen umringt, im jämmerlichen und offensichtlichen Versuch das Monument zu verdecken. Auf einer Bronzeplatte las er »Simo Häyhä – Der Weiße Tod«. Auf Nachfrage weigerte sich der Urlaubscenturio zunächst Auskunft zu geben, erklärte dann jedoch – »unter uns gesagt« –, dass er Anweisung erhalten hatte, diesen Punkt der Tour ausfallen zu lassen und aktiv zu verschweigen, wegen potenzieller Konsequenzen für den Petersburger Pakt.

Um weitere Unruhe oder gar kritisches Denken der Ausflugslegionäre zu vermeiden, ließ der Heerführer den Platz räumen und zur Weiterführung der Tour blasen. Ein Teil des Gepäcks wurde liegengelassen, um einen schnelleren Marsch zu ermöglichen. Man wollte die Betreiber des nächsten Ausflugsziels überraschen und überrennen, da die SSCF Aisha Harmonia nur einen Tag im Hafen liegen würde und dadurch eine Belagerung praktisch ausgeschlossen war.

All diese Überlegungen stellten sich allerdings als unnötig heraus, da die gesamte Provinz befriedet war und sämtliche lokalen Machthaber der Reisegesellschaft Treue geschworen hatten. Ein Treuebruch wäre mit eiserner Hand bestraft worden und das wusste man, denn noch in der Nacht, derweil Sorck schlief, beobachtete man von Helsinki aus einen Blitz, gefolgt von einer mächtigen Wolke, aus Richtung des nur etwa achtzig Kilometer entfernten Kriegsgebietes Tallinn. Jene Stadt wurde fortan nicht mehr angesteuert und ist aus allen Reisebroschüren getilgt und dem Vergessen übereignet worden.

Entsprechend stolz und widerstandslos erreichte man die Temppeliaukio Kirche. Diese in den Fels geschlagene kleine Kathedrale erfreute sich des Desinteresses der meisten Ausflügler, die lediglich für eine dreiminütige Fototour hindurch preschten, um danach im Freien zu rauchen und per Smartphone die neuesten Fußballergebnisse abzufragen.

Abweichler Sorck nahm Platz.

Wenn er auch partiell aus Rebellion gegen die Masse, als symbolischer Akt der Devianz sozusagen, am Ort verblieb, wusste er die Architektur und die eigenartige Wirkung der Gottesgrotte zu genießen. In der Augenform des Innenraums deutete das in der Mitte durch einen Gang durchbrochene Laiengestühl auf den kleinen Altar mittig an der Wand. Zur Linken fand sich eine bronzene Orgel, zur Rechten Naturstein. Licht fiel ein durch Fenster zwischen Betonrippen, die, wie das Weiß des Auges zur Iris führt, eine runde Decke trugen. Die rohen Felsen standen für Stabilität und Naturverbundenheit, Eingebundenheit in die Welt, bedeuteten somit eine Feier dessen, was Gott geschaffen hat und nicht dessen, was der Mensch in seinem Namen zu schaffen imstande ist, wie es in typischeren Gotteshäusern der Fall zu sein scheint. Als besonders faszinierend empfand Sorck die niedrige Decke, die aus einer einzigen großen Kupferdrahtspirale bestand. Schlaff und müde war sein Gesicht nach oben gewandt. Ihn schwindelte und ihm wurde schwarz vor Augen. Er spürte enormen Druck auf den Handflächen und Schultern und fand sich auf den Knien wieder. Mit aller Kraft stemmte er sich gegen einen gigantischen Daumen, der ihn zu erdrücken versuchte. Wie Atlas den Globus hielt, trug Sorck diesen Daumen, doch nicht aus Verpflichtung irgendwem oder irgendetwas gegenüber, sondern weil er es sich so ausgesucht hatte. Er wusste, dass er sich dafür entschieden hatte, obwohl er ebenfalls genau wusste, dass er nicht mehr imstande war, etwas daran zu ändern. Für Ewigkeiten hatte er sich lediglich passiv vor dieser scheinbar so unaufhaltsamen Kraft geschützt. Tag wurde zu Nacht, Wochen zu Monaten zu

Jahren. Mit der vergehenden Zeit realisierte er, dass seine Arme und Beine kräftiger, seine Schultern breiter und sein Wille härter geworden waren. Der ständige Kampf stärkte ihn. In einem unaussprechlichen Kraftakt erhob er sich von den Knien und stemmte den Daumen zentimeterweise hinauf. Begleitet von einem Urschrei aus tiefster Kehle, brach ein Lichtstrahl zu ihm durch, der zuvor vom Horizont seiner Last verdeckt worden war.

Mit einem unterdrückten Rufen wachte er auf.

Ein letztes Mal betrachtete er die Kupferdecke, deren Muster aufgrund der zahllosen Rillen an einen Fingerabdruck erinnerte.

Hastig lief er zum Ausgang.

Durch geschäftige Einkaufsstraßen, vollgestopft mit zufriedenen Konsumenten, marschierten die Passagiere zum nächsten Touri-Hotspot.

Alle Menschen hatten Angst. Das kapierte Martin Sorck jetzt. Es stand zu vermuten, dass sein eigener Kampf heftiger ausfiel als der seiner Mitreisenden, doch kampflos gingen auch sie nicht durchs Leben. Er hatte das früher nicht geglaubt, zweifelte an der Fähigkeit seiner Mitmenschen, tiefe oder negative Gefühle zu haben, zweifelte solipsistisch grundsätzlich an deren Innenwelt. Doch er besaß mehr Empathie, als er sich eingestehen wollte, und verstand seine Mitmenschen gerade deshalb so wenig. Abweichlerische Einzigartigkeit verschloss ihm von Zeit zu Zeit den Blick für die Einzigartigkeit anderer und noch mehr für die Verwandtschaft mit ihnen, seine Ähnlichkeit mit so vielen. Warum beschäftigte er sich ausgerechnet zu diesem Zeitpunkt damit? Etwas wuchs in ihm und wollte ihn nicht ruhen lassen, wie er so lange in der Sicherheit seines Heims und der Kontinuität seiner Listen geruht hatte. Noch vermutete er, dass dieses Etwas die Besorgnis aufgrund eines weiteren Kirchenbesuches war; einer Kirche, die er nun, so kurz nach seiner seltsamen Vision, zu betreten hatte.

Kein Kupfer erwartete ihn dort, sondern Holz. Die Kamppi-Kapelle verlangte den Begleitern Sorcks noch mehr ab als die Felsenkirche, da ihr Innenraum kleiner war und größere Stille förderte und forderte. Wie im Herzen eines Baumes fühlte sich der Visionär und ärgerte sich über jedes Geräusch, das seine Mitmenschen verursachten. Alles dort schien glatt zu sein, rein, atmend. Die hellen, runden Wände strahlten in splitterfrei glattgehobeltem Glanz. Sitzbänke und Altar bestanden ebenfalls aus hellem Holz. Ihm war bewusst, dass Planung, Berechnung und gewonnene Architekturpreise hinter der Wirkung steckten, ließ dieses Wissen auch zu, da er einmal gelesen hatte, dass es zum Kunstgenuss gehöre, über die Entstehung des Werkes nachzusinnen, und konnte doch nicht umhin, die Wirkung deutlich zu spüren. Diese Stille machte ihn traurig. Er fühlte sich nutzlos und ausgeliefert, aber auch warm und aufgehoben. Es handelte sich hier nicht um die fesselnd verzweifelte Bondage-Geborgenheit des ablenkenden Dauer-Happy-Hour-Betriebes einer Aisha Harmonia. Die Stille umfing ihn mit Erinnerungen an Krankheitstage in der Kindheit, an Arme, die ihn hielten, an eine Stimme, die ihm vorsang, an längst vergangene, längst zerstörte Zeiten.

Mühsam stemmte Sorck beide Hände auf die Knie, erhob sich seufzend, verließ die Kapelle trägen Schrittes, obwohl er zu verweilen wünschte. Hinter der Tür trat er ins Stadtgrau. Solche Momente des Durchatmens waren willkommen, solange sie anhielten, doch sie zwangen auch zur Realisierung des sonstigen Dauerzustands wie eine Dusche als Unterbrechung einer Existenz im salzigen Wüstenstaub.

Taumelnd von Gedankenlosigkeit zu Gedankenverlorenheit schlenderte Sorck umher, die Hände in den Taschen, und kümmerte sich nicht um die anderen und ihren Treffpunkt.

In einem Schaufenster entdeckte er sein Spiegelbild und glaubte Tränen zu sehen, doch wie hätte das sein können?

Auf dem Rückweg – er hatte sich doch noch rechtzeitig, wenn auch widerwillig, an die Gruppe anschließen können – leckte er die letzten Tropfen vom Hals des

Flachmanns. Um ihn herum erstreckte sich das Hipster-Viertel der Stadt. Martin interessierte das recht wenig. Grimmig starrte er auf den Boden oder warf kleinen Veganer-Buden und minimalistischen Kunstschreinerläden giftige Blicke zu. Für ihn stand fest: eine derartige Reise käme zukünftig nicht mehr in Frage. Dummerweise konnte man nicht mittendrin aussteigen. Der richtige Zeitpunkt musste her. Vermutlich tat ihm ein All-Inclusive-Konzept nicht gut. Er hatte sich nie als Rucksacktouristen betrachtet, aber nun zog er es als Alternative in Betracht. Brauchte es noch Alternativen? Warnemünde konnte das Ende der Reise bedeuten. In jedem Sinne. Rasierklinge statt Bordticket, Strick statt Menschenschlange. Es war besser so. Oder? Aber warum musste er bezahlen für diese unfaire Situation? Warum musste es ihm so gehen und nicht irgendeinem anderen? Dem Penner da vorne zum Beispiel, mit seiner Bio-Wollmütze und dem Jutebeutel unterm Arm. Das ganze Viertel schien sich für einzigartig zu halten. Solche Typen trugen ebenfalls Schuld. Martin hatte sein Leben geführt und war verantwortlich für sein Versagen, für die verschwendete Zeit, dafür, dass er nun hier war. Aber warum hatte er sein Leben auf diese Weise geführt? Hatte er es tatsächlich geführt oder war er mitgerissen worden? Lag es nicht auch an den anderen? Hatte man ihm geholfen, ihn unterstützt? Weil die Menschen für ihn unerträglich sein konnten, hatte er sich weggeschlossen.

Da vorne der sah aus, als schriebe er gerade ein weiteres Buch, das niemand lesen würde, weil die Welt noch nicht bereit dafür war.

»Scheiß Hipster mit ihren scheiß Bärten!«

Plötzlich lachte Martin los. Es war lächerlich, sich dermaßen über Fremde aufzuregen. Die ganze Nummer war sinnlos. Es sollte ihm egal sein, wie diese Leute ihre Dekaden des Ein- und Ausatmens verbrachten. Schon morgen konnten sie alle tot sein oder er selbst. Nun, dachte er, in seinem Fall wohl eher übermorgen. Wieder schmunzelte er. So oder so änderte es nichts. Es war egal. Gleichgültig. Er befand sich wieder am gleichen Punkt wie zuvor. Übermorgen konnte er sich umbringen oder weiterleben. Wenn es keinen Unterschied machte, konnte er auch schauen, wie es sich weiterentwickelte. Oder sich spontan entscheiden.

Mit einem betrunken-debilen Grinsen und die Worte »Es ist so lächerlich« alle paar Minuten wie ein Mantra vor sich hin brabbelnd, gelangte Martin Sorck zur SSCF Aisha Harmonia.

Noch zwei Tage. Oder mehr. Für den Moment, für ihn, schien alles lächerlich.

So schnell wurde er die Grübeleien nicht mehr los. Inzwischen dachte er über die letzten Tage nach. Es waren Dinge geschehen, mit denen er nicht gerechnet hatte; Unberechenbares. Sofern er sich erinnern konnte, bekam sein Hirn seit Jahren nicht mehr derartige Datenmengen zu fressen. Gleichzeitig hatte es unaufhörliche Angriffswellen ertragen müssen: korrodierende Eindrücke von Stupidität und Gewalt, giftige Flüssigkeiten in verschiedensten Geschmacksrichtungen und chemische Substanzen, deren Namen er niemals erfahren würde. Es brauchte einen Tag wie den in Petersburg, mindestens einen davon, um wirklich die Art der eigenen Reise zu realisieren. Ein darauffolgender Tag der Ruhe, einer, an dem man Gelegenheit hat, nachzudenken, ist ein Geschenk. Ein weiteres furchtbares Geschenk. Auf diese Weise lässt man ab von Selbsttäuschungen, enttäuscht sich. Doch vermochte Sorck die Situation noch nicht von dem Standpunkt aus zu betrachten. Niemand kann das in einer solchen Phase.

Was Martin wusste, war einzig und allein, dass etwas nicht stimmte. Ein vager Ansatz, auf den man mit Glück bauen kann. Auf einer bewussteren Ebene wiederum beschäftigte ihn Eva und auch hier blieb unklar, woran er war. Sie war attraktiv. Das stand außer Frage. Aber war das allein Anlass für Interesse und Ärger? Sie sprach nicht viel – nicht mit ihm. Dieses Schweigen hatte seinen Ursprung keineswegs in Schwäche oder Schüchternheit. Was sie sagte, traf ihn. Wie sie es sagte, traf ihn noch mehr. Sie machte den Eindruck, sich für ihn zu interessieren und sich gleichzeitig kein bisschen darum zu kümmern, was er dachte, fühlte oder tat. Wie passte das zusammen? Betrachtete sie ihn neugierig, wie sie eine Wespe in einem rauchgefüllten Glasgefängnis studieren würde? Es machte ihn wütend, erregt auf vielerlei Weise. Außerdem empfand er es als unsagbar anstrengend, besonders zu diesem Zeitpunkt. Seine Gedanken glitten übergangslos von Eva zu ihm selbst. Wieder und wieder schockierte es ihn, dass er schon zwei Tage später das Schiff verlassen und vor dem Nichts stehen würde, aber dermaßen wenig dabei empfand. Er hatte sich noch nicht entschieden, was korrekterweise zu fühlen sei angesichts einer Leere, die mangels jeder Sicherheit und Struktur auf erstaunliche und furchteinflößende Weise Freiheit versprach. Nichts zu haben und niemand zu sein, bedeutete auch nichts zu müssen und niemandem Rechenschaft schuldig zu sein.

Genau so schien Eva zu leben. Sie feierte, schipperte durch die Gegend und mehr nicht. Oder doch? Da gab es mehr, irgendetwas.

Gedankenversunken und ziellos irrte Martin durch das Schiff. Er blieb stets in Bewegung. Wo sollte er sich auch hinsetzen und nachdenken auf der Harmonia? Allerorts trieben sich Touristen herum, staunten und lachten ganztägig über banalen Scheiß. Nur Kinder und Jugendliche schienen sich noch die Fähigkeit zu quengelnder Langeweile, stillem Spiel und offen nach außen getragener schlechter Laune bewahrt zu haben. Jeder Teenager, der seinen Eltern unwillig mit verschränkten Armen folgte, schenkte ihm ein Gran Hoffnung.

Es existierte kein Alleinsein an Bord. Dabei luden die Wellen doch so sehr dazu ein, einfach zu sitzen, zu schauen, traurig zu sein. Das Dauerflimmern der Kabinenwand und das direkte Ausgesetztsein im Angesicht der letzten paar Besitztümer, die ihm geblieben waren, verboten das Zimmer als Ort freier Reflexion. Was blieb ihm sonst übrig? Er lief umher.

Ob es aus Gewohnheit geschah oder der Konstruktion des Schiffes geschuldet war, Sorck erreichte auf seinem ziellosen Weg zur Abendessenszeit das Restaurant. Warum also nicht hineingehen und essen?

Es machte keinen Unterschied.

Kurz darauf setzte er sich mit kaum gefülltem Teller an seinen zugewiesenen Platz. Etwas fehlte. Er schaute sich um. Dann erst fiel ihm auf, dass Herr Arsonovicz nicht zugegen war. Nach kurzer Suche entdeckte er ihn am Buffet, in den Händen eine gesunde Mahlzeit, im Gesicht Hilflosigkeit. Vor und neben ihm quollen Reisende zusammen, die nicht weichen wollten. Lauthals unterhielten sie sich, drängten hin und her, überhörten, übersahen oder ignorierten den verschwindend schlanken Arsonovicz. Sie drängten zur Essensausgabe und drohten ihn schwallend zu erdrücken. Allen voran bebte eine rotgesichtige Nixe, deren Abendkleid eine Eleganz ausstrahlte, als habe Dädalus persönlich es für eine Liebesnacht der Parsiphae gefertigt.

Erfüllt von unerwarteter Empathie, also Unwohlsein, beschaute Sorck die schamhaften Befreiungsversuche seines Nachbarn. Am liebsten hätte er weggesehen. Plötzlich trafen sich ihre Blicke. Arsonoviczs Augen stotterten erbarmungswürdig um Hilfe, während seiner Stimme die nötige Kraft fehlte. Häufiger als Zitronen gibt das Leben dir Skorbut.

Flüsternd flehte Moses.

»Entschuldigung. Dürfte ich mal. Verzeihung.«

Der Durchgang war versperrt. Es gab kein Durchkommen. Weil Moses kein Volk hinter sich hatte, das ihn unterstützte, blieb ihm der Durchgang verwehrt. Das Meer aus Fremden, das sich vor ihm bis zum Horizont der Saalwand erstreckte, glänzte wohlgenährt wie Gelatine und schwappte vorwärts, vorwärts, in anstürmenden Wellen, in hungrigen Wogen Richtung Buffet, umbrandete die Kroketten und ergoss sich klumpend über Braten und Dessert. Gewandet in schlüpfriges, beinahe schlickiges Rot, das mal nach Atem ringend herabhing, mal sich in dünenhaft wandernden Beulen um das Hüftgewebe spannte, schäumten die Hungernden ohne Rücksicht auf Moses und dessen Ziel weiter, immer weiter. Die Gischt schäumte ihnen wie Tollwut in den Mundwinkeln. Ziehet aus und mehret eure Geschmackspalette, sprach der Herr. So vieles, das noch nicht gekostet, noch nicht probiert wurde. Und alles für umme. Wie Gewässer rieben die Riesen Schicht um Schicht von Moses ab, verdünnten den Schmalen weiter, bis er zu verschwinden drohte.

Da griff ihn die Hand des Herrn – in diesem Falle Herrn Sorcks Hand – und führte ihn mit festem Ruck und sicher durch das wütend brandende Getöse schmatzender Gier. Der Stöpsel war gelöst, die Korken knallten.

Hinter Moses folgten dünne Fremde nach, um die Chance zur Flucht zu ergreifen. Da schlossen sich die Wogen und klimpernd brachen Rippen, wo gerade noch jauchzendes Frohlocken verfrüht erklungen war.

Moses bedankte sich für Martins Beistand und Martin staunte über sein Verhalten.

Es kommt nicht häufig vor, dass man für Moses das rote Meer teilt, aber vielleicht, nur vielleicht, muss manchem unter die Arme gegriffen werden beim Versuch, die eigene Geschichte richtig zu schreiben.

Auch wenn Martin noch übellaunig war, Moses Arsonovicz war zufrieden. Ausschlaggebend war nicht allein die Rettung, sondern eben so sehr die bevorstehende Heimkehr.

»Dieser Urlaub ist aber auch zu aufregend. So viel zu sehen. Ständig etwas Neues. Neue Städte, neue Menschen, neues Essen. Es strengt an, mit all dem und all denen fertig zu werden.« Nicht dass er viel probiert hätte, aber er hätte ja probieren können.

Moses freute sich auf seine Wohnung und sein Sofa, auf die Sammlung, darauf, sich in eine Decke einzuwickeln und fernzusehen, sich um Hobbys zu kümmern. Er sehnte sich nach »Ruhe und Frieden«. Was er möglicherweise sagen wollte, aber nicht ausdrücklich über die Lippen brachte, war, dass er sich auf den Alltag freute, auf gewohnte Abläufe, auf Sicherheit. Sorck nickte. Er verstand das. Wie einfach es für ihn wäre, die Reise durchzustehen, wenn ihn zu Hause »Ruhe und Frieden« erwarteten, wenn überhaupt ein Zuhause auf ihn warten würde. Fernseher an, Verstand aus, Bierchen und Wurstbrot. Wie herrlich das klang. Doch Sorck wusste auch, dass dieses Dasein für ihn vorüber war. War eine Rückkehr überhaupt – mit einer Menge Glück oder Unglück – noch durchführbar?

Die Vorstellung wirkte allmählich deprimierend und Arsonovicz einsam.

Derartige Schlüsse sollte man vermeiden. Also fand Martin sich bereit einzugestehen, dass er die eigenen Gefühle auf sein Gegenüber projizierte.

Ihm fehlten Lust und Kraft, die Probleme anderer durchzukauen. Schließlich war es Martin Sorck, der den Daumen zu stemmen hatte.

Langsam und schweigend richtete er sich auf, erhob die Hand zum Abschied und verließ das Restaurant, um seinen Spaziergang an Deck fortzusetzen.

Mutter-, Schwester- und Mätressenschiff SSCF Aisha Harmonia hatte abgelegt und schipperte in ruhiger See zum nächsten Hafen, dem vorletzten der Reise, so kurz vor dem endgültigen Ankommen, Zurückkommen. Martin stand gedankenverloren an der Reling. Längst hatte die Dämmerung die letzten Urlauber vom Deck gescheucht. Umgeben von geliehenen Bediensteten, wärmten die Passagiere ihre Mägen mit Speisen und die Seelen mit Alkohol, wie sie sich zu Weihnachten in der Kindheit gewärmt hatten, im Wohnzimmer, umgeben von Familie. Nur die Wenigsten, die Einsamsten, merkten, wie ungleich der Tausch war. Zuneigung gegen Servilität, Service statt Liebe.

Gedanken dieser Art pflegten Sorck Hoffnung zu machen, weil sie ihm paradoxerweise zeigten, dass es wider jeden Augenschein für die Menschheit noch nicht zu spät war. Gleichzeitig aber befremdete ihn stets die eigene Arroganz und diese kleine Prise Neid, die sich so häufig in Gedankengänge mischte, weil all diese Leute glücklich zu sein schienen und er eben Martin Sorck war.

Das Meer war unruhig und chaotisch, Wellen, die ineinander krachten, Wasser, das spritzte, Wind, der es durchmischte. Dieses Chaos, von minimal erhöhter Perspektive, mit einem Hauch mehr Übersicht betrachtet, bedeutete Ordnung, hatte Struktur und Wiederholung, dieses unstete Element folgte Regeln.

Eva lehnte schon eine ganze Weile neben ihm, als er sie endlich bemerkte. Unsicher lächelte er sie an. Im Herzen wusste er, in den Knien spürte er, dass ihm keine großen Kraftreserven zur Verfügung standen, dass es keinen Sinn ergab, Herz und Fantasie noch weiter zu belasten. Er war müde.

Mit ruhiger Melancholie fühlte er ihre Nähe. Er hatte keine Lust mehr auf Spiele. Dennoch begann er eine weitere Partie.

»Das ist jetzt unser zweites Gespräch. Diesmal kannst du nicht so tun, als hättest du keine Erinnerung an mich.«

Allem Anschein nach irrte er sich.

»Eines ist nicht genug, aber zu viele könnten dich umbringen.«

Eva lächelte verschmitzt, während Martin überlegte. Dann begann er von Neuem: »Ich habe über dich nachgedacht, über deine Art, wie du herumreist, Party machst und dein Leben verschwenderisch genießt.«

Er suchte Bestätigung oder Ablehnung in ihrem Gesicht, doch fand stattdessen Interesse, oder vielleicht Kälte – er wusste es nicht zu sagen – und Schönheit; so viel Schönheit, dass er wegsah, um weiterreden zu können.

»Aber ich denke, da ist mehr. Etwas anderes steckt noch hinter der Fassade. Eventuell irre ich mich auch.«

Das provokante Schweigen, das er folgen ließ, zwang

Eva mit einer Frage zu reagieren, um nicht einzugestehen, dass da wirklich nicht mehr war. Hätte sie begonnen sich zu verteidigen, hätte sie gezeigt, dass er ihr unter die Haut ging.

Kokett hakte sie nach, was sie seiner Meinung nach verstecke und woher er die Weisheit nehme für derartige Schlüsse.

Martin Sorck hatte nicht vor, sich zum Affen zu machen und stellte widerwillig fest, dass er sich längst wieder in ihren Fängen befand, ihr Spiel spielte und ihren Regeln folgte, dass diese Weggefährtin eine Weggefahr bedeutete. Es ärgerte ihn. Er schaute ihr geradewegs in die Augen. Sein Gesichtsausdruck ließ sie einen Schritt zurücktreten und sich schreckhaft abwenden. Martin sah ein Lächeln über ihre Lippen huschen.

»Ich denke, du hast irgendein Interesse an mir. Ich denke außerdem, du weißt das nicht besser zu zeigen als auf diese verdrehte Weise.«

Noch einmal besah er sie aufmerksam, widerstand jedoch dem Drang, Weiteres hinzuzufügen.

Eva grinste ihn höhnisch an. Mit einem Ton, in dem sonst Beleidigungen ausgesprochen oder Vorwürfe gemacht werden, begann sie zu erzählen. Im Laufe ihrer Geschichte flaute die Gehässigkeit allmählich ab und wich einer Begeisterung, die Martin von ihr noch nicht kannte.

Sie war keineswegs darauf beschränkt, kurzfristiges

Vergnügen zu suchen und sich um nichts weiter zu bemühen. Zwar genoss sie ihr Dasein in vollen Zügen, nahm mit, was sie konnte, doch handelte sie nach den Vorgaben und Regeln eines strikten Plans.

Mit dem Job auf der Aisha Harmonia – und der umfasste, das erfuhr er erst jetzt, neben Theaterauftritten und sogar hauptsächlich Tätigkeiten in der Küche, in Bars und wo sonst Aushilfsbedarf bestand – finanzierte sie sich, was sie als ihre wahre Arbeit betrachtete. Sie plante ein Studium. Sie tanzte. Nicht als Hobby und nicht als Broterwerb: Kunst. Mit Körperbewegungen versuchte sie auszudrücken, was sie mit der Stimme nicht zu artikulieren vermochte. Nicht immer fiel es ihr leicht, sich Mitmenschen verständlich zu machen, den Mut zu finden, sich mitzuteilen. Also fand sie für sich neue Wege. In der Kunst durfte sie vorwurfsfrei schweigen. Sie befreite sich vom Druck unausgesprochener Ängste und Probleme, ohne sich bloßgestellt zu fühlen. Niemand verstand, was genau sie im Tanz vermitteln wollte und doch entließ sie es in die Welt.

Sich auf diese Weise zu befreien und zu zeigen, von der Befreiung zu zehren und zu leben, war ihr Ziel. Den Schiffsaufenthalt bezeichnete sie als »Job«, denn ihr schien der Begriff »Beruf« unpassend, wegen seiner Abstammung von »Berufung«, einem Ruf zu Höherem oder von höherer Stelle. Das hier war kein Beruf, sondern notwendiges Übel, ein Job, um ihren Beruf ausüben zu können, um frei zu tanzen.

Eva feierte gern, doch verpasste sie niemals ihr Training, sie ließ sich gehen innerhalb der Grenzen, die ihr Traum setzte. Für diesen Traum hätte sie, falls nötig, alles aufgegeben. Der Fokus war unverrückbar. Alles weitere war Beiwerk im Halbschatten, am Rande des Lichtkegels.

Insgesamt gab es etliches, das Sorck nicht völlig verstand in ihrem Universum, vieles, an das er noch nie gedacht, nie aus dieser Perspektive bedacht hatte oder das er nicht für möglich hielt. Er erkannte Kontrolle und Sinn hinter dem oberflächlichen Chaos, Gesetzmäßigkeiten im Meer, aber auch Lust an der zeitweisen Aufgabe jener Kontrolle. In ihrer Welt fand er Fülle, Erfülltheit, eine Reichhaltigkeit verschiedenster Dinge, Paradoxa, die miteinander vereinbar schienen – keine Grautöne, sondern kräftige Farben und Unfarben, viel weiß und viel schwarz – unter einem einzigen, nicht immer sicheren, aber immer starken Willen. In sich selbst fand er Bewunderung für sie. Ein Gefühl von Sauberkeit adelte seine innere Regung.

Schöneres in sich hatte er lange nicht mehr gewahrt.

Mehrere eilende Stunden unterhielten sie sich.

Die meiste Zeit hörte sie lieber zu, gab jedoch mehr und mehr von sich preis. Und gelegentlich schokolierte sie ihre Worte mit einem Lächeln, das Martin zu staunendem Schweigen verdammte.

Im Laufe des Gesprächs entspannte er sich genug, um die übliche Unsicherheit zu vergessen und sogar selbstbewusst zu wirken. Ab und an schien Martin Sorck tatsächlich zu flirten.

Dann wiederum entlockte der Alkohol ihm Dinge, die er nüchtern nicht erwähnt hätte.

Einmal erinnerte ihn das Meer an einen Traum.

Er arbeitete als Matrose auf hoher See, mitten in einem Sturm. Die Kraft von Wasser und Wind, aber auch des eigenen Willens, spürte er mit enormer Deutlichkeit. Nass peitschte der Sturm seitwärts, rückwärts und frontal auf ihn ein. Breitbeinig hielt er sich aufrecht, duckte den Kopf in überbrandende Wellen wie ein Boxer sich unter die Fäuste des Gegners. Ihm war der Kampf ein Genuss.

Mit beiden Händen hielt er ein nasses Tau, stemmte sich mit dem Fuß gegen den Mast, zog mit einer Kraft, die seine Muskeln nur in größter Not gewährten. Er wandte den Blick nach oben: Der Ausguck an der Spitze des Hauptmasts brannte. Um das Schiff und sich selbst zu retten, durfte er das Tau keinesfalls loslassen. Er hielt es stramm, bis er das Bewusstsein verlor. Ohne Führung gab sich das Schiff den Wellen hin, trieb blindlings nach ihrem Befehl und ließ es zu, dass Martin verschollen ging wie Odysseus, Gulliver oder Alice.

Gefesselt erwachte Martin, auch jetzt noch im Traum, in einer großen Halle. Dunkler Stein dominierte den Raum. Kaum war er aufgewacht, als ihn eine Stimme anschrie, wild mit ihm schimpfte, blechern zeterte, Beleidigungen und Vorwürfe keifte. Mehr als einmal forderte sie seinen Kopf. Vor ihm ragte die Herrscherin des Landes, die Königin. Ihr pompöses Kleid war mit Herzen gemustert, am Saum erkannte er gestickte Figuren, Männer, die häuptlings an einem Bein aufgehängt waren.

Als sie ihm ins Gesicht spuckte, erinnerten sich seine Hände ihrer Kraft und zerrissen die Ketten. Sofort stürzte er sich auf die Königin, drückte sie zu Boden und hielt ihr den Mund zu. Da merkte er, dass er wuchs. Immer größer wurde er. Unter seinen Fingern verschwand die Königin.

Eva hatte, wie es ihre Art war, aufmerksam zugehört. Sie nickte kindlich vergnügt. Mit auf dem Rücken verschränkten Armen, beugte sie sich leicht vor und flüsterte:

»Dann bin ich wohl gegenteilig veranlagt. Wie passend.«

Martin verstand nicht, fürchtete aber etwas nicht bemerkt oder kapiert zu haben, das für sie offensichtlich war, und erzählte von weiteren Träumen und Erlebnissen.

Während Martin gerade gedankenverloren und mit

aufgestützten Unterarmen aus seiner Jugend erzählte
– eine dieser Geschichten, die er so häufig wiederholt
hatte, dass er sie kaum noch als echte Erinnerung wahrnahm –, bewegte sich Eva geschmeidig von ihrem Platz
neben ihm weg, hinter ihm entlang und in Richtung der
Glastür, die hinein führte.

Er stoppte inmitten des Satzes und schaute ihr hinterher. Den Körper bewegte er dabei nicht, nur den Kopf.
Eva ergriff inzwischen die Klinke. Sie zwinkerte ihm zu.
Dann sagte sie: »Das ›SSCF‹ im Namen des Schiffes war
es zuallererst, was mich auf dieses Boot verschlagen hat.
Denk mal über Folgendes nach: Vielleicht hättest du
mich einfach packen und nehmen sollen.«

Eva drehte sich ein bisschen zu schnell, um noch
elegant zu wirken, und verschwand ins Innere der
Harmonia.

Perplex blieb Martin stehen. Bis eben hatte er geglaubt,
sie besser verstanden zu haben als zuvor, doch jetzt war
er aufs Neue verwirrt. Verwirrt, aber auch ungewöhnlich
zufrieden. Und erregt. Hatte diese wunderschöne, interessante Person ihm gerade eben mitgeteilt, dass er mit
ihr hätte schlafen können, wenn er es nur versucht hätte?
Wenn er sie gepackt hätte? Was sollte das denn heißen?
Meinte sie das ernst? Realisierte sie die Unmöglichkeit
ihrer Bemerkung?

Mit süß-chaotischen Gedanken, einem unkontrollierbaren Halbsteifen und nicht nachlassenden Bildern von Eva, wie er sie erlebt hatte, und Eva, wie er sie gerne erlebt hätte, schlingerte Fantasienkonditor Sorck unbequem zur Kabine. Obwohl er wusste, dass an Schlaf nicht zu denken war, ging er zu Bett.

Gewalttätig klammerte sich Sorcks Halbbewusstsein an den Tag und hielt Hypnos' sanfte Klauen fern. Je dringender er schlafen wollte, desto schneller rasten die Gedanken.

Um Eva drehten sie sich alle, drehte sich jede Abfolge von Bildern und Wünschen. Sie tauchte auf, wurde gepackt, gegriffen, sie stöhnte lustvoll auf, wurde genommen, von ihm genommen, gegriffen, gepackt, Sorck nahm, griff, packte. Wieder und wieder. Von Fantasie zu Fantasie in härteren Abläufen, beschämender, beklemmender, befreiender. Er stellte sich vor, Eva über einen Bock aus Holz zu legen und mit Seilen zu fixieren.

Martin Sorck wollte Kontrolle. Sämtliche Bilder, Geräusche, Gerüche und Räume sprachen von Macht, doch sah er sich außerstande, die endlose Folge zu stoppen. Nicht einmal zu verlangsamen vermochte er sie. Über seine Fantasien von Kontrolle fehlte ihm Kontrolle. Ein Mangel in der einen Welt, Abundanz in der nächsten. Vor ihm kniete Eva, befriedigte ihn. Er schlug ihr ins Gesicht. Strafe muss sein. Ihr Spiel befahl es, kämpfte Schuld und Beklemmung nieder. Gefesselt, geknebelt, wehrlos lag sie da. Martin konnte sich austoben, schamlos triebhaft. Ihre Augen waren verbunden. Sie genoss es so sehr wie er. An den Haaren zog er ihren Kopf zu sich, nahm sie von hinten. Wild wälzte er im Bett herum, suchte Schlaf, fand nur immer neue Bilder, immer mehr Fantasien, immer mehr und mehr Sex in sich. Alle Zimmer der verbrannten Wohnung nahmen sie ein, nutzten alle Möbelstücke – Ruß auf nackter Haut –, die Schiffskabine, fremde Orte. Ganze Folterkammern, Lustkeller, Spielzimmer entstanden, pulsierten. Nur für Eva geschaffen, für Eva und ihn. Untrennbar, eine Einheit, Sorckeva, ineinander, umeinander, Soreckva, Esovarck, Ackrosev. Sie tat ihm nicht leid, sie genoss das Leid. Über Stunden wühlte er sich tiefer in seine Bettlaken, in Wünsche, Eva, während sein Herz schuftete, Kohlen schippend in die Glut, bis kurz vor dem sexuellen Kammerflimmern, Höchstgeschwindigkeit – wie viele Knoten? –, sein Puls ein Schnellzug, über Balken polternd, bis die Fingerkuppen pulsten und die Ohren piepten. Unfähig die Erektion dauerhaft aufrechtzuerhalten, ließ der Körper sie periodisch aufflammen, erschwerte die Position, Bauchlage unmöglich, ließ sie wieder zerfließen. Martins Atmung versuchte dem Gedankentempo gerecht zu werden, verlor sich zwischenzeitlich in kurzem Aufstöhnen, unangenehmem Gähnen, Hecheln und gelangte dann in ruhigere Phasen, kurze Pausen. Im teuren Anzug am Rande eines Schreibtischs lehnend, Eva kroch auf allen Vieren zu ihm hin. Ein Halsband mit Leine. Sie leckte Martins Springerstiefel von der Stahlkappe über den Schaft bis zur Lasche. Die Bilder überlagerten sich. Evas Kleid war blau mit weißer Schürze. Es stand ihr gut, hing in Fetzen. Die Hände gefesselt, auf dem Rücken verschränkt, aus dem Weg. Es stand ihr so gut. Wieder kniete sie, die Augen aufwärts in die seinen gerichtet, um Erlaubnis bittend, bettelnd, bis der Morgen über ruhigem Wasser graute und der Kabinenwecker klingelte.

Als Martin sich endlich aufrichtete, erschöpft und abgekämpft, aber auch verändert, erneuert, glaubte er, eine Menge über sich gelernt zu haben, ausgebrochen zu sein aus dem Weltei, sein Kainsmal erhalten zu haben.

Darüber hinaus meinte er Eva nun verstanden, durchschaut, erkannt zu haben. Diesmal mit Sicherheit. In ihm existierte etwas, das sie von Anfang an verstanden hatte und dieses Fleckchen, ein winziges Areal im Gehirn, spezialisiert auf diese Art von Mensch, auf diesen einen Menschen, allein auf Eva, hatte bisher still Informationen gesammelt und verarbeitet und kommunizierte sämtliche Erkenntnisse komprimiert über Nacht. Ein Vortrag zum Thema Charakterkunde von Martin an Sorck, vom Hinterkopf an die Stirn, vom Trieb ans Bewusstsein.

War er tatsächlich vollständiger als zuvor, ein kleines

Stück weiser und ein bisschen gewachsen? Möglicherweise gab es hier noch mehr zu entdecken.

Seit Langem zum ersten Mal begann Martin Sorck den Morgen nicht ängstlich oder wütend, sondern neugierig.

Sogar als er beim Hinaustreten den gesamten Flur dunstig und undurchsichtig vorfand, ärgerte Martin sich nicht. An seinen ausgestreckten Armen erkannte er die Finger nicht mehr. Er griff hinein ins Unbekannte, sah seinen Körper von den Oberschenkeln hinab und über die Unterarme hinaus hinwegdämmern, als lösten sie sich auf. Seine Schritte fraß der Teppich. Genau so stellte er sich das Nachleben vor.

Sachlich erkundigte er sich bei einem hastig vorüberlaufenden Crewmitglied nach der Ursache. Man informierte ihn, dass eine Leitung – ein Teil des Belüftungssystems – gebrochen sei, man unter Deck bereits arbeite, um den Rohrdruck zu senken.

Und Martin war zufrieden damit.

Am Ende des Flurs verflog der Nebel und die Luft wurde klarer. Die Strecke zum Frühstücksbuffet war von Hindernissen freigeräumt.

Es machte den Anschein, als hätte man noch reichhaltiger als üblich aufgetischt. Die Crew animierte aktiv zum Essen. Anfeuerungsrufe und Glückwünsche für besonders volle Teller erschallten im Saal. Wie beim letzten Mahl vor einer Schlacht oder einer Hinrichtung wurde geschmaust. Einlass war früher als üblich. Das unruhige Cheerleader-Treiben der Besatzung stimmte Martin zwar misstrauisch, aber dennoch wollte er sich nach der anstrengenden Nacht etwas gönnen. Er ließ sich frische Omelettes zubereiten.

Dösig wippend stand er vor dem Koch und schaute bei der Arbeit zu. Ein Ei nach dem anderen zerbrach und lief aus. Der Vorgang hatte eine beinahe meditative Wirkung. Man riss ihn aus Tagträumereien, als man ihm den Teller reichte. Ein Matrose klopfte ihm beglückwünschend auf die Schulter.

Über die Lautsprecher wurden ununterbrochen Informationen in das Schiff gepumpt, was der Propagandaabteilung zu verdanken war.

Stockholms Widerstand flammte in letzter Zeit massiver auf und kulminierte in einem gerissenen und historisch akkurat nachgebildeten Hinterhalt. Nach etlichen Scharmützeln hatten die Anführer der Résistance die Geschäftsleitung, die sich überwiegend durch Sekretäre vertreten ließ, sowie etliche Kapitäne der Aisha-Reisegesellschaft zu Verhandlungen samt Bankett auf dem Stortorget-Platz eingeladen. Es fand tatsächlich ein großer Schmaus statt und Worte wurden in freundschaftlichem Ton gewechselt, doch endete die Veranstaltung abrupt mit der Umstellung und Guillotinierung sämtlicher

Gäste. Somit war jede Chance auf ein Zurücktreten vom Kampf zerschlagen.

Operation Surströmming Freedom lief an.

Die aufgepeitschten Reisemassen, die während des Frühstücks weitere Masse zulegten, waren zu allem bereit. Wiederholt wurde den Touristen das »Massaker vom Stortorget-Platz« in aggressiven, aggressivierenden Tönen und sämtlichen grausamen Details vorgekaut. Mit Pressekampagnen und Spartarifen hatte die Aisha-Reisegesellschaft im Vorfeld ihre Rekrutierungsraten erhöhen können. Eine Vergeltungsaktion ungekannten Ausmaßes stand bevor. Man rechnete mit massiver Gegenwehr und hohen Verlusten.

Noch vor Morgengrauen brachen Landungsboote auf, um den Hafen zu sichern und etwaige Minen zu räumen, bevor die Harmonia einfuhr. Im Schutze der Nacht drangen vermummte Elitetouristen – Spezialisten des S.E.K. (Spritztour Einsatz Kommando), handverlesen aus den leistungsstärksten Teilnehmern der schiffseigenen Spinning-Klasse – in den Hafen und ein Stück weit ins Zentrum Södermalms ein, ohne dabei auf nennenswerten Widerstand zu stoßen.

Nach ausgiebigem Frühstück und kleiner Verdauungspause strömten die Massen der Reisenden zu tausenden mit schwerer Reisebusunterstützung ans Land. Geplant war ein schneller, massiver Militärschlag, der den Feind hinfort schwemmen sollte wie Starkregen ein aus dem Nest gestürztes Küken.

In der Nacht, hieß es, hatte die verbündete Fluggesellschaft Ikarus Stewardessen des Fallschirmjägerbataillons hinter den feindlichen Linien abgesetzt, die Chaos stiften und Nachschub abschneiden sollten, was ihrem Alltagsgeschäft diametral entgegenstand und anscheinend aus diesem Grund eine ihrer Spezialitäten darstellte.

Später riss der Funkkontakt vollständig ab und man musste davon ausgehen, dass die adrett gekleideten Truppen aufgerieben waren, und das, obwohl sie ihre kleinen Servierwagen – bis zum Rand gefüllt mit Granaten statt Kaffee, Munition statt Orangensaft und Messern statt Bloody Marys – ausgerüstet hatten und angeführt wurden von einer eigenen Eliteeinheit, die sich selbstironisch als »Blutschubsen« bezeichnete.

Man munkelte, dass sie sich vollkommen lautlos, nur durch Handzeichen verständigten und dass sie außerdem in schwerstem Gelände auf Fahrzeugen Balance halten konnten und das souverän lächelnd.

Sie nannten es bloß »Turbulenzen«.

Zur weiteren Unterstützung kollaborierte der Reiseverband mit einem militanten Stockholmer Damenkegelverein, dessen Mitgliederinnen – und ja, sie bestanden auf die Schreibweise – Feindaufklärung,

Informationsbeschaffung und weitere Spionagearbeit zur Aufgabe hatten.

Widerständler waren den Kollaborateurinnen auf die Schliche gekommen. Später sollte man den gesamten Verein ausgeschaltet am Boden einer Spelunke vorfinden. Der Werbeaufsteller vor der Tür verkündete weiterhin das fatale Lockangebot: »Ladies Night, heiße Stripper und All You Can Drink Likör-Buffet.«

Keine Kegelschwester wachte rechtzeitig zur Invasion wieder auf. Manche von ihnen, so wird erzählt, kamen zwei Tage zu spät und völlig verkatert, um ihre Kinder vom Fußballtraining abzuholen. Dennoch erinnern sie sich bis heute gern an jenen Abend, soweit sie sich eben daran erinnern.

Der Vormarsch gelang schnell und ohne größere Verluste. Lediglich ein paar ältere Passagiere, Reiseveteranen, rutschten auf Kopfsteinpflaster aus und ließen sich schimpfend zum Schiff führen.

Auf kürzestem Wege stürmte die touristische Hauptstreitmacht nach Gamla Stan, um Feinde und Fotos zu schießen.

Auch dort war der Feind nicht aufzuspüren. Selbst am Schauplatz der hinterhältigen Hinrichtung so vieler treuer Reisegesellschaftsangestellter fand sich keine Spur von Widerstand.

Die Truppen wurden unruhig. Man hatte sie wie

Kampfhunde aufgehetzt, ihnen Blut und Glorie versprochen und dann rannten sie ereignislos umher, weil der Gegner jede Auseinandersetzung scheute.

Auf dem Schafottquadrat gab es ebenfalls nichts zu entdecken; nur zu leeren Restaurants gehörende Tische und ein verlassener Souvenirstand.

Neugierig machten sich Raublustige auf Beutefang über das Angebot her.

Sobald er darauf aufmerksam wurde, brüllte der kommandierende Offizier eine Warnung. Zu spät. Eines der kleinen Holzwikingerboote versteckte eine Sprengvorrichtung, die ihr Umfeld in Fetzen riss.

Es folgte angespannte Stille, das Knistern fallenden Staubs und kleiner Steinchen, vereinzeltes Stöhnen und Weinen, ungläubige Gesichter, ein Blitzlicht, das Surren eines Camcorders.

Nun stand fest, womit zu rechnen war. Die Altstadt oder sogar ganz Stockholm könnte mit Fallen übersät sein. Äußerste Vorsicht war geboten.

Plötzlich zitterte der Boden erneut. Eine weitere Explosion in der Nähe. Rauch stieg zwischen Häuserreihen auf, ein grauer Nebel aus Staub kroch durch die Straßen.

»Die deutsche Kirche!«, wisperte ein Reiseleiter.

Die Schweden führten Attacken auf die Kampfmoral, versuchten Chaos, Angst und Wut zu verbreiten. Trotz des mangelhaften Vorwissens der Touristen bezüglich des zerstörten Gotteshauses, funktionierte der schwedische Widerstandsplan bisher.

Über Funk ertönten vereinzelte Hilferufe. Sprengfallen, Stolperdrähte, Fallgruben warteten auf unvorsichtige Ausflügler. In Hinterhalten von kleinen Feindverbänden oder einzelnen Heckenschützen wurden weitere Touristen ausgeschaltet.

Ein Trupp wurde von einer vermeintlich flüchtenden Zielperson in ein Familienhaus gelockt, das mit Nägeln, Teer, herabstürzenden Gegenständen und Flammenwerfern zur Todesfalle präpariert worden war.

Doch derartige Scharmützel und Verzögerungstaktiken vermochten die Macht des internationalen Tourismus nicht dauerhaft zu stoppen. Dafür brauchte es schon mehr.

Weiter ergoss sich der Vormarsch über die Brücke nach Norrmalm, wo sich die Truppe auffächerte, um sich zu den Seiten abzusichern, das Gelände zu durchkämmen und sich den Rücken freizuhalten. Die Offiziere wurden nervös. Je weiter sie vordrangen, desto mehr Fläche musste kontrolliert werden. Lieber hätten sie ihre zahlenmäßige Überlegenheit behalten. Niemand konnte absehen, was der Feind eventuell in der Hinterhand hatte.

Während die Front langsam vorrückte, streunte

Gefolgschaftsverweigerer Martin Sorck im hinteren Spektrum der Ausflügler umher, schaute sich gemächlich um und scherte sich recht wenig – beinahe wäre man geneigt zu sagen, er kümmerte sich einen Scheiß – um die Operation als solche, wollte er doch nicht diese Art von Ruhm ernten, nicht vermeintlich ehrenhaft unter den ersten lorbeerbekränzten Abgebildeten auf den offiziellen Foto-DVDs oder gar auf dem Cover des limitierten Fotobuchs sein, das speziell für diese eine Kreuzfahrt herausgegeben werden sollte und günstig im Souvenirshop sowie am Informationsschalter zu erwerben sein würde, sofern die schiffseigene Propagandaabteilung funktionstüchtig, das heißt, am Leben bleiben sollte.

Sorck, der zu viel Zeit vertrödelt hatte, verlor zunehmend den Anschluss an seinen Verband.

Er joggte einige Meter, um nicht vollends abgehängt zu werden. Währenddessen passierte er eine Gasse, die kaum die Bezeichnung »Nebenstraße« verdient hätte, und glaubte im Augenwinkel unscharf eine Bewegung bemerkt zu haben.

Zu schnell war er an der Gasse vorbeigeeilt, die zudem vom Schatten der sie umgebenden Gebäude bedeckt lag, um mehr als ein Huschen, geschweige denn Details erkannt haben zu können. Irgendetwas jedoch war dort. Wie jene schwarze Ecke neben der Tür zum Kinderzimmer, an der er jeden Abend auf dem Weg ins Bett in quälender Nähe vorbei und hindurch steigen musste, ließ ihn die Gasse nicht mehr los.

Es gab nur eine Lösung für derartige Probleme, ob nun Augenwinkelmonster, Eckenhorror oder Gassendunkelheit: Licht einschalten und nachsehen.

Er kehrte zurück und tat ebendies: Er schaute nach. Eine andere Möglichkeit gab es nicht.

Lachend stand dort ein Mann. Er hielt eine Bierdose und trug Sandalen sowie ein buntes Band mit dem Dog Tag der Aisha Harmonia um den Hals. Vor ihm, die Augen starr auf die unwirkliche Normalität deutscher Socken gerichtet, letzten Widerstand im Antlitz, aber ohne Energie im Körper, lag ein Junge von etwa vierzehn Jahren. Der dicke Kerl trat zu und lachte. Sorck hatte sein Monster gefunden. Von einem sehr alten Schmerz ergriffen, den er vergessen geglaubt hatte, eilte er los. Erst in der Bewegung fiel ihm auf, dass sich in Sprungweite hinter dem ersten ein zweiter Mann befand, mit dem Rücken zu ihm, pinkelnd. Es gab kein Zurück mehr. Martin zog sein Bajonett im Laufen aus der Scheide und rannte tief geduckt. In der Sekunde, in der ihn der Sandalenmann entdeckte, ging dieser auch schon zu Boden. Seine Kniekehlen waren tief eingeschnitten, Blut lief ihm in die grauen Wollsocken. Seine Füße brachen matschig und kraftlos zur Seite weg. Er schrie und fluchte, doch Sorck kümmerte sich nicht um den blutenden Riesen, sondern stürmte auf den zweiten Kerl zu, der noch nicht reagieren konnte. Mit einem wuchtigen Stoß steckte die Klinge im Hinterkopf des Pissers, der weitere Tropfen verlor, derweil er reglos nieder sackte und die Pfütze um eine Lache ergänzte.

Es brauchte vollen Körpereinsatz, einen Stiefel gegen den Schädel des Toten gestemmt, beide Hände am Griff, um das Bajonett wieder herauszuziehen. Erst danach wandte sich Martin dem wimmernden Fleischberg zu, der nass von Blut, Tränen, Schweiß und dem abgestandenen Schmutzwasser dieses unheimlichen Ortes jammerte. Er versuchte mit aller Kraft, seinen massigen Leib kriechend in Sicherheit zu bringen, weg von Sorck und seinem Messer, weg von der grausigen Realität seiner kurzen, blutigen Zukunft. Doch Flucht oder Erlösung blieben Traumgebilde.

Mit einem Ruck kniete sich Sorck ins Kreuz seines Gegners. Langsam drehte er sich zu dem Jungen um, der still zugesehen hatte. Er winkte den Knaben herbei und reichte ihm die Klinge. Bis zu diesem Punkt hatte er Hilfe benötigt, doch das hier war seine Show allein.

Mit einem letzten Tritt in die Rippen verabschiedete sich Sorck von seinem Schiffskameraden und spazierte in stumpfer Laune davon. Hinter sich vernahm er mehrmals das nasse Geräusch von frisch geschnittenem Fleisch, Winseln, Stöhnen und den Klang von Stahl, der durch Gewebe auf Stein gestoßen wird.

Manche Menschen haben das Pfund Fleisch verdient, das andere verspielten.

Martin Sorck schloss zur Truppe auf.

Sorck war Angehöriger jener Abteilungen, die über eine weitere Brücke auf die strategisch und touristisch wertvolle Insel Skeppsholmen – zentrale Lage im Zugang zum Baltischen Meer sowie in jedem Stockholm-Reiseprospekt – ziehen und diese sichern sollten.

Am Östasiatiska Museet, nahe am Zugangspunkt, wirkte noch alles ruhig. Der Wind wehte, Vögel sangen, Ameisen bekriegten einander.

»Zu ruhig«, wie jemand inbrünstig und des Klischees nicht gewahr bemerkte.

Weiter zog die Truppe zum Moderna Museet. Eine Handvoll halbwegs kunstinteressierter Resttouristen, Außenseiter ihrer Gilde sandalierter Banausen, stolperte auf Eingangssuche um das Museum herum, als plötzlich hunderte wild schreiender Schweden aus ihren Verstecken auf- und heraussprangen und einen Wall aus hölzernen Rundschilden bildeten. Sowohl ihre Träger als auch die Schilde waren vielfältig verziert und bemalt. Alte Runen, bedrohliche Fratzen und zwischendrin Bilder, schwungvoll mit Nass-in-Nass-Technik gemalt, die Personen in Alltagssituationen darstellten, um einzigartige Momente individuellen Lebens und Gefühls einzufangen, um somit das universell Menschliche herauszuarbeiten, ohne überzogene metaphysische Bedeutungen zu verstecken oder Sozialkritik zu betreiben.

Ein dürrer Typ in braunem Pullunder erklärte Sorck ungefragt: »Achten Sie auf die Ränder: dort scheint sogar noch der Untergrund durch, alle Formen fließen ineinander, was sowohl die Figuren im Zentrum in den Fokus setzt als auch etwas Traumhaftes, eine verwischte Realität vermittelt. Höchstwahrscheinlich das Werk von…«, aber eine geworfene Axt spaltete ihm den Schädel, bevor er aussprechen konnte – ebenfalls ungefragt.

Kulturbegeistert, sportlich, mit roten Wangen und historisch akkurat gekleidet wie ihre nordischen Vorfahren – endlich bekam Martin seine Wikinger zu Gesicht –, stand die heimische Armee bereit, ihr Land zu verteidigen. Die Zeit war gekommen. Der Gegenangriff hatte begonnen. Ein junger Reisender reagierte als Erster und floh. Doch hatte er die Reaktion seines Truppführers direkt neben ihm nicht eingeplant. Dieser zog seinen Revolver und schoss den Deserteur ohne Umschweife nieder. Den verängstigten Gesichtern der Untertouristen brüllte er den Satz »Stirb, wenn du keinen Schaden mehr anzurichten vermagst!« des heiligen Anselmo entgegen.

Zusammenstöße und Schlachten wurden auch von Norrmalm berichtet. Es gab Meldungen, dass die Vasa aus dem Areal des Vasamuseet auf Djurgården wieder seetüchtig gemacht und zu Wasser gelassen wurde.

Waffenstarrend griff sie vom Gewässer aus ins Geschehen ein. Drohungen zeigten keine Wirkung mehr auf die Truppenmoral. Es gab kein Halten mehr. Unkoordiniert flohen die Touristen an dem wild feuernden Offizier vorbei in Richtung der Brücke. Es hagelte Geschosse von der Vasa, Pfeile und unverständliche Beleidigungen – niemand war im Vorfeld auf die Idee gekommen schwedisch zu lernen – von den Landstreitkräften.

Trotz Chaos und Kopflosigkeit der Flucht entging es den Aufmerksamsten nicht, dass die Designmängel, die ursprünglich zum Sinken des riesigen Holzschiffes geführt hatten, allem Anschein nach behoben waren. Auch Schmuck und Bewaffnung ähnelten kaum noch dem Original.

Dutzende Touristen wurden niedergemäht, gesprengt oder schlugen sich die Knie auf. Doch nicht jeder Tote ging auf das Konto der Schweden. Manch einer nutzte die Gelegenheit zur Klärung alter Bingorivalitäten.

Die Schlachtschiffangestellten legten sich ins Zeug, um möglichst viele Touris plattzumachen, was Martin Sorck ihnen beim besten Willen nicht übelnehmen konnte.

Allgemeiner Rückzug zum Schiff. Viele verloren ihr Leben, Körperteile oder ihre Reiselust auf der Flucht. So hatten sie sich das nun wirklich nicht vorgestellt. Da würde eine saftige Beschwerdemail folgen. Die Hölle kennt keine Wut wie die eines ehemaligen Sparkassenangestellten in Rente, der lediglich für eine Weile die Welt sehen wollte »und dann so was«.

So geht das nicht.

Die SSCF Aisha Harmonia legte eiligst ab und ließ noch Gäste vor Ort, sogar lebendig, was, wenn man den Reisevertrag aufmerksam studierte, später zu keinerlei rechtlichen Konsequenzen führen konnte.

Das Kreuzfahrtschiff wurde scharf verfolgt von der Vasa, unter dem Kommando von Kapitän Hrym.

Tatsächlich hatte man ihr Design verändert. Jetzt erkannte Sorck es deutlich.

Ihr Schmuck zeigte zwei Wölfe auf einem Kreis, einer oben, einer unten, die Sonne und Mond mit aufgerissenen Mäulern jagten. Beidseitig neben dem Zentralmotiv fielen Sterne hinab. Darunter sah man eine riesige Schlange, die aus dem Meer an Land kommt und eine Flutwelle mit sich bringt. Immer wieder wurde die Aisha von Drachenbooten bedrängt, die im Vergleich winzig wirkten. Entercrews versuchten, an Bord zu gelangen.

Sie scheiterten jedoch an ihrer Höhe sowie dem eigenen Anstandsgefühl.

Unter einem Geschosshagel von den Landmassen her erreichte man nach etlichen Stunden und begleitet von einem unvergesslichen Sonnenuntergang das baltische Meer. Selten wurden auf dem Rückzug nach einer derart verheerenden Niederlage so schöne Erinnerungsfotos geschossen.

Sorck hatte sich gegen eine aktive Verteidigung der Harmonia an der Seite seiner Reisekameraden entschieden und für eine Beobachterposition, von der aus er Naturschauspiele und Gewaltakte zu überblicken vermochte. Zwar vertrieben die Stockholmer den mächtigen Nachen, doch schienen sie keinesfalls in der Lage zu sein, ihn ernsthaft zu beschädigen oder zu versenken. Wäre dem doch so gewesen, hätte er auch keine Einwände gehabt.

Wie die Ameisen wimmelten Touristen und Schiffspersonal auf dem Oberdeck, schleppten Dinge von einem Ort zum nächsten, standen still, bewegten sich wieder. Auf dem Wasser brachen immer mehr Drachenboote ihre Jagd ab. Mit abnehmender Verfolgerzahl kommandierte man eine zunehmende Anzahl von Crewmitgliedern ab, um andernorts etwas aufzubauen. Vereinzelt wurden sie zur Seite genommen. Offiziere redeten auf sie ein. Nicht selten drang die letzte Schallwelle einer Ohrfeige bis zu Martin herauf.

Nichts erfordert mehr Planung und striktere Disziplin als ein entspannter Urlaub. Daher ließ die Führung der SSCF Aisha Harmonia jedwede Missstimmung aufgrund gefallener Kameraden, Verletzungen oder Verstümmelungen innerhalb der Crew niederprügeln.

In beeindruckender Geschwindigkeit tauchten

Palmen und Blumengestecke, zusätzliche Cocktailbars und kleine Bühnen auf. Die Tiki-Pool-Party hatte planmäßig am letzten Abend der Kreuzfahrt stattzufinden – komme, was wolle.

Nachdem auch die letzten Verfolger abgehängt waren, wurden auf diese Weise die müden Urlauber von ihren Gastgebern bespaßt und von traurig lächelndem Reisegesellschaftspersonal mit mehr oder weniger metaphorischer Waffe auf der Brust unterhalten. Es war ein gelungenes Fest.

Martin Sorck war in Stockholm davongekommen, mit mehr Glück als Verstand, aber ohne all zu großes Vergnügen daran. Die Erlebnisse des Tages hatten ihn aufgewühlt, wühlten in Permanenz. Sowohl der Widerstand der Schweden und ihre neugewonnene Freiheit, von der er annehmen musste, dass sie nicht lange anhalten würde, als auch die Erlebnisse in der Gasse, auf die er zwar stolz war, in denen er sich allerdings kaum wiedererkannte, was ihm Sorgen bereitete. Veränderte er sich? So kurz vor dem Ende seiner Reise – und eigentlich hatte er sich ja längst entschieden – kamen Regungen in ihm auf, die doch wieder alles in Frage stellten, seine Entscheidung verkomplizierten. Es war doch erheblich leichter loszulassen, anstatt sich nochmals festzuklammern. Woran denn auch?

Mittlerweile war Martin zum Fest hinabgestiegen, das höhnisch seinen Untergang zu feiern schien. Er besorgte sich einen Drink, den ersten des Tages. Doch er trank nicht. Alkohol schwemmte wie ein Rinnsal Problemlösungen fort, ohne die Probleme zu tangieren. Es galt, sich endgültig zu entscheiden. Morgen würde er die Harmonia verlassen und mit nichts als seinem Leben und zwei Koffern dastehen. Wenigstens die Entscheidung sollte mit ihm stehen. Und es war eine simple Entscheidung, eine der schwierigsten: Leben oder Tod?

Und da niemand das eigene Leid auskosten kann, ohne die Umwelt daran teilhaben zu lassen, positionierte sich Sorck abseits an der Reling – weit genug entfernt, um nicht Teil der Gruppe zu sein, aber nicht so weit, als dass man ihn nicht hätte sehen können. Auch wenn er es sich nie eingestehen wollte, er hielt sich in solchen Momenten für mysteriös, geheimnisvoll und für etwas Besonderes.

Geschmeidigen Schrittes näherte sie sich. Sie stand wortlos neben ihm und schaute aufs Meer.

Unruhig zitterte sich die Schwäche durch Martins Gliedmaßen und richtete im Magen ihren Stützpunkt ein. Er freute sich, sie zu sehen. Sehr sogar. Aber was zur Hölle sollte er ihr sagen? Wie sollte er sich verhalten?

Sah er sie an, flimmerten die Träume der letzten Nacht schamvoll über seine Haut.

Sie wirkte elegant, wenn es ihr gelang, gelassen auszusehen, unschuldig, wenn es misslang. In beidem widersprach sie dem Wesen seiner Fantasien und doch war sie es.

Martin schwenkte seinen Drink zu einem lahmen Strudel, suchte Antworten im Glas, ohne daraus zu trinken, und fand keine.

Sie aber lieferte diese Antwort, wenn auch in Form einer Frage.

»Was tust du hier eigentlich?«

Verdutzt sah er auf.

»Du bist ein so seltsamer Typ, so dermaßen verwirrt. Da vorne ist eine Party. Die letzte Party dieser Kreuzfahrt. Und du stehst hier herum und grübelst vor dich hin. Worüber denkst du denn nach? Was gibt es so Wichtiges hier an der Reling?«

Martin zögerte. Es machte ja doch keinen Unterschied. Trotz des letzten Gesprächs rechnete er sich kaum Chancen bei ihr aus, also konnte er auch ehrlich sein. Ihr mangelndes Einfühlungsvermögen im Angesicht seines klar erkennbaren Leides – Abseitspositionierung, Blick aufs Meer, mysteriöse Aura – lockerte ihm missmutig die Zunge.

Er betrachtete Eva, sah die Lebendigkeit ihrer Augen, die aufrechte Haltung, und wandte sein Gesicht müde zum Meer. Die Anspannung fiel von seinen Schultern wie schmelzendes Eis.

Kraftlos atmete er aus.

Es gab nichts mehr zu verlieren.

»Vielleicht muss man manche Menschen dazu zwingen, zu leben – ich weiß es nicht. Aber ich wurde hineingezerrt, auch wenn es mir zugleich so vorkommt, als sei ich gerannt. Vor einer Ewigkeit brannte meine Wohnung ab und mit ihr jede Sicherheit, die ich kannte, fast alles, was ich besaß, fast alles, über das ich mich definierte. Es scheint mir ein reinigendes Feuer gewesen zu sein. Jedenfalls bin ich seltsam dankbar dafür und weiß jetzt, dass diese Flammen zu meinem Weg gehörten, der entgegen jeder verbreiteten Metapher nur in der Rückschau existiert und niemals zwangsläufig vor uns liegt, nicht in einer festgelegten Form. Ich gehe keinen steinigen Weg. Ich gehe eben und wären meine Schritte nicht gewesen, stände ich nicht hier. Alles weitere ist Bullshit: Kultur, Erziehung und Instinkt. Dass ich meinen Trampelpfad für besser halte als den meiner Mitbürger, ist bloß Arroganz, nichts als eine narzisstische Verteidigungsstellung. Und dass ich dieses Gestolpere noch anderen in irgendeiner Form aufdränge, ist eigentlich verdammt dreist.

Wenn ich die unfassbare Arroganz an den Tag lege, dich oder den Rest der Welt mit meinem Mist zu belasten und subversiv auf mein Niveau herab oder beiseite zu ziehen, ist das meine Freiheit. Es ist absolut nicht mein Problem, wenn irgendwer sich davon vergiften lässt.

Vielleicht muss man manche Menschen dazu zwingen, nachzudenken – ich weiß es nicht. Aus meiner erleuchteten Perspektive sitzen alle im Schatten und das ist erstens schade und zweitens unfair mir selbst gegenüber. Wieso sollte es denen besser gehen als mir? Deshalb bin ich so. Dass ich es erst seit kurzer Zeit bin und vorher in meinem eigenen trüben Gewässerchen fischte, spielt dabei keine Rolle. Nichts spielt wirklich eine Rolle. Darum geht es. Doch das heißt nicht, dass es nicht interessant sein kann. Diese Reise ist auf etlichen Ebenen sinnlos und hat dennoch Bedeutung, hat Wichtigkeit für mich und mit etwas Glück dadurch auch für andere, für dich. Interessant war die Tour allemal. Hart, voller Kämpfe und Verluste. Darum geht es auch. Das kleine bisschen Ordnung, das wir in dieses monströse Chaos bringen, birgt so viel Schönheit und so viel Nahrung für die interessantesten Gedanken. Findest du nicht? Und eigentlich ist es gerade deshalb spannend, weil ich selbst keine Ahnung habe, ob ich gleich hier springen werde, morgen oder niemals.«

Eva lächelte dankbar, ein Stück weit beeindruckt. Dann verfinsterte sich ihre Miene.

»Du überlegst zu springen?«

»Ständig. Aber darum geht es nicht.«

Martin fühlte sich verstrickt in ein Gespräch, das er nicht führen wollte, nicht auf diese Weise, und das er nicht mehr zu stoppen vermochte.

»Und worum geht es dann?«

Er zögerte erneut, gab der Frage jedoch nach.

»Damals hatten die Leute Glauben, Gott, das Vaterland, die Rasse oder das nackte Überleben, was alles für sich genommen oder auch kombiniert dem Dasein Sinn verlieh und Ordnung gab. Was hält mich davon ab, jetzt von Bord zu springen? Eine vage Vorstellung von der Kälte und ein paar Minuten Todeskampf? Ein uralter Instinkt, ohne den es keine Spezies mehr geben würde? Mehr ist es doch nicht. Ich erkenne meine Instinkte an. Das ist nicht das Problem. Das Problem ist eben nicht, dass ich Gründe hätte, es zu tun, sondern, dass es keinen echten Grund gibt, es nicht zu tun. Dieser Faden, der mich hier hält, hat kaum Substanz und reibt sich weiter auf, während ich längst über dem Wasser hänge. Jede Bewegung gefährdet die Integrität meiner Halteleine. Deshalb rührte ich mich so lange gar nicht mehr, sorgte dafür, dass auch von außen kein Schubs, kein Anstoß, kein Lufthauch mehr an mich herankommen konnte. Dummerweise übersah ich dabei, dass ich langsam erstickte. Es ist unmöglich der Sinnleere auf eine Weise zu entgehen, die ihr noch mehr Raum gibt, sie ausweitet auf alle Lebensbereiche. Als ich jünger war, ergab es ja auch keinen Sinn, aber immerhin hatte ich noch Spaß dabei. Man kann wunderbar pendeln und schaukeln an diesem Faden. Und wenn dir davon übel wird, schneidest du das Band durch. Ende. Offensichtlich hatte ich also doch Angst, womöglich mehr als ich mir eingestehen will, mehr als bloßer, dumpfer Instinkt. Was ich aber gelernt habe, ist Folgendes: Steht dir kein Fenster zur Verfügung, nagel dir Bilder an die Wand. Ein Ersatz, auch wenn du weißt, dass er nichts als Illusion ist, nichts echtes, ist besser als ein Vakuum in der Seele und die brutale Gewissheit, dass es nicht einmal mehr das gibt: eine Seele. Blut und Innereien, verdammt dazu, zu denken, von morgens bis nachts, tagein, tagaus. Da ist nichts Heiliges mehr, das muss man sich als vernünftiger Mensch eingestehen. Aber ich versuche dennoch manchmal zu beten, stelle mir die Engel vor und rede mir ein, dass es einen Sinn gibt in all dem. Notfalls einen, den ich mir und meinem Leben selbst gebe. Nicht weil es so etwas geben muss, sondern weil ich es ohne nicht aushalte. Jeder Weg führt in den Tod und es ist nicht wichtig, ob er kurz oder lang, sondern nur, wie schön die Aussicht dabei ist, und wie angenehm die Luft.

Ich habe keine Lust mehr um Atem zu ringen und tanze lieber am Abgrund unter freiem Himmel oder schwebe für Momente auf dem Weg nach unten, als eingesperrt in der Sicherheit eines Bunkers alt zu werden.«

Sorck schaute auf. Es war ihm peinlich, sich dermaßen in seinen Worten entblößt zu haben.

Von der Seite sah Eva ihn aufmerksam an. Wie lange schon?

Sonst spürte er fremde Blicke wie Schmirgelpapier auf der Haut, doch bei ihr war es anders.

Unschlüssig stand er vor ihr und versuchte zu verstehen, was dieser Gesichtsausdruck, was diese ganze Situation zu bedeuten hatte. Wieso erzählte er ihr all das? Wieso hörte sie zu?

Da kam ihm ein unmöglicher Gedanke.

Nein, das konnte nicht sein. Aber was hatte er zu verlieren?

Martin setzte alles auf eine Karte. Mit knabenhaft brüchiger Stimme begann er wieder zu sprechen. Ein Lächeln huschte über ihren Mund.

Er räusperte sich entschieden und fing noch einmal an, deutlicher, lauter und selbstbewusster:

»Es ist kalt geworden. Wollen wir in meine Kabine gehen?«

Die Ungeschicklichkeit der Frage brannte ihm unter den Wangen. Mit aller Macht konzentrierte er sich darauf, nicht zu erröten. Wie kindisch diese Frage klang. Er hätte fordern sollen. Hätte er fordern sollen? Auf den Tisch hauen oder auf seine Brust trommeln. Stärke beweisen! Oder höflicher sein?

Martin zweifelte an sich und seiner Frage, aber nicht an der Auslegung ihrer Antwort:

Eva setzte sich in Bewegung. Nun hatte er sie endgültig verscheucht. Natürlich folgte er ihr nicht.

Sie blieb nach einigen Metern stehen – dieses Lächeln!

– und munterte ihn ohne Worte auf, zu folgen. Jetzt verstand er. Zwar begriff er nicht, wie es hatte geschehen können, aber er verstand ihr Kommando und gehorchte.

In einem lächerlichen Kosmos sind die Absurditäten, die wir uns leisten, nicht selten von Erfolg gekrönt.

Nachdem sie eine Weile auf dem schmalen Einzelbett in Martins Kabine gesessen hatten – wie wünschte er sich jetzt, am ersten Tag keine Beschwerde eingereicht zu haben –, nahm er seinen Mut zusammen und küsste Eva. Sie ließ es nicht nur über sich ergehen, sondern forderte mehr. Ihre Zunge schlug zu. Intensiver und wilder sollte es sein. Noch war Martin damit beschäftigt, zu genießen, dass sie so nahe bei ihm war, als sie einen weiteren Gang zulegte. Ihm war bewusst, dass er ahnungslos war, was er gerade trieb, aber große Lust dazu hatte und auch Sorge, er könnte schwach vor ihr wirken. Blind tastete Eva nach seiner Hand und führte sie an ihren Hinterkopf. Seine gespreizten Finger fuhren auf ihr Kommando ins Haar und formten sich unter leichtem Druck zur Faust. Martin zog ihren Kopf in den Nacken, entblößte den Hals. Obwohl er eine Winzigkeit überfordert war, improvisierte er, spielte mit der freien Hand an ihrer Kehle, entlang der straffen Linien zwischen Ohr und Schlüsselbein. Ihr Stöhnen stärkte seine Selbstsicherheit. Grob kämpfte sich seine Linke unter ihre Bluse, während die Rechte ihren Körper vollends auf das Bett niederzog.

Unsanft schlug sie auf seiner geballten Faust auf, die noch immer ihre Haare umgriff, und er entschuldigte sich erschrocken.

In bissigem Ton, weil sie nun gezwungen war es auszusprechen, klärte Eva ihn auf. »Hör zu: Ich möchte, dass du mit mir tust, was du willst. Du hast die volle Kontrolle. Denk nicht so viel nach! Du wirst schon nicht zu weit gehen und falls doch, sage ich ›Schlange‹. Das ist unser Safeword. Alles klar? Wenn ich das Wort benutze, hörst du sofort auf.«

Martin nickte, noch immer unsicher.

»Und jetzt fick mich!« schimpfte sie ihn an.

Kaum hatte sie ihre Worte beendet, klatschte eine Ohrfeige in ihr Gesicht. Weder Eva noch Martin hatten damit gerechnet. Geschockt und fragend blickte er sie an, beobachtete, wie Überraschung sich in Lust verwandelte. Jetzt hatte er es endlich kapiert.

Martin übte mit ihr die ganze Nacht hindurch, was er sich erträumt hatte und tat vieles, weil er glaubte, dass sie es erwartete. Manchmal, wenn er sie wieder am Schopf gepackt hielt und küsste, vergaß er seinen Griff und versank vollends in ihrem Geschmack, in ihrem Geruch, in ihrer Nähe. Dann tat es ihm leid, dass sie so harte Spiele spielten.

Kurz darauf genoss er die Macht und ungebändigte Wildheit, vergaß jede Erwartungshaltung und Rücksicht.

Nach diesen Ausbrüchen trat stets eine Pause ein, in der sich Eva und Martin in die Augen sahen wie zwei Kinder, die Streiche aushecken.

Verlor er zwischenzeitlich an Schwung oder wurde zu sanft, forderte sie spitzbübisch lächelnd, was ihr zustand. Fingernägel, die sich in seine Haut krallten, entflammten den Willen zur Dominanz von Neuem, trieben das Spiel wieder an. Seine Rache war beider Vergnügen.

Und doch waren die kurzen Perioden erzwungener Zärtlichkeit, sie fest in seinem Griff, seine Lippen auf ihren, konkurrenzlos an Schönheit für ihn.

Er fühlte sich ähnlich wie beim allerersten Mal. Dies war ein neues erstes Mal.

Martins Hirn ertränkte sich und den Rest seines Leibes in einem Strudel von Glückshormonen, Euphoriesaucen und Stimmungssäften; alles, was so lange in den Apothekerregalen des Belohnungszentrums zustaubte, ergoss sich klirrend. Elefanten trieben es im Chemielabor des Zentralnervensystems. Der ganze Laden wurde euphorisch zertrümmert.

Nachdem alle rauschhaften Höhepunkte ausgekostet waren, kuschelte sich Eva wie eine vernachlässigte Katze an Martin, rollte sich leicht und bequem zusammen und liebkoste ihn mit den Fingern.

In dieser zärtlichen Ruhe ließ er jede Verteidigung fallen.

Die Poren der Einsamen sind anfällig für Berührungen jeder Art und so vergiftete er sich perkutan mit Liebe, der arme Idiot.

Nichts und niemanden wollte Herr Sorck, der sich plötzlich groß und erwachsen fühlte, an dieses Fleisch gewordene Wunder heranlassen, kein Unheil durfte ihr zustoßen, kein Unhold sich ihr nähern, niemand ihr wehtun. Martin würde auf sie aufpassen, immer! Er schwor sich, notfalls eine Kugel für sie abzufangen.

Und während er sich zum Helden träumte, erhob sich Eva und zog sich an.

»Du kannst auch hier schlafen«, sagte er. Kurz darauf fügte er hinzu: »Tu mir den Gefallen.«

Doch mit einer Kälte, die ihn auf der Stelle verbrannte, blickte sie auf ihn herab, zog sich hastig an, hob die Hand zum Abschied und ließ ihn zurück. Wortlos.

Martin musste sich eingestehen, dass er die Welt und das meiste in ihr, die Frauen – das war ihm nicht neu – und diese Frau im Besonderen nie verstanden hatte, aber diesmal hatte sich alles richtig angefühlt, stimmig. Wie konnte er diese enorme Wärme in sich haben, während sie derart kalt blieb? Hatte er etwas falsch gemacht?

Langsam stieg Wut in ihm auf. Er fühlte sich benutzt und entmannt, abälardisiert. Gerade zu einem

Zeitpunkt, an dem er sich endlich stark und wahrhaft maskulin vorgekommen war, gerade selbstbewusst und konsequent auf der richtigen Straße in die richtige Richtung unterwegs, da prügelte diese Person ihn mit einem Stoppschild nieder und ließ ihn blutend im Dreck. Oder war es ein Wegweiser? Vorsicht Schlaglöcher? Sackgasse?

Einander widersprechende Gefühle überschlugen sich lawinenhaft. Von Traurigkeit zu Freude zu Geilheit, Euphorie und Glück, Frieden, Verliebtheit, Enttäuschung, Verwirrung und Wut. Sein Herz tat ihm mindestens so sehr weh wie sein überlasteter Schwanz. Beides war zu hart bearbeitet worden und brauchte eine Pause.

Hatte sie ihm zugehört, als er ihr an der Reling erzählte von der Nähe zum Abgrund? War ihr bewusst, was sie mit so einem Verhalten anrichten konnte? Aber um ehrlich und fair zu sein:

Was kümmerte es sie? Eva hatte keinerlei Verantwortung ihm oder seinem Leben gegenüber. Warum sollte sie ihn nicht für einen Fick benutzen und dann wegwerfen? Aber dann verstand er die Zärtlichkeit nicht, nicht die Intimität, nicht die Küsse, die nach mehr schmeckten als nach bloßem Beiwerk zum Sex. Sie lag gerade noch in seinen Armen als wollte sie nie wieder losgelassen werden. Und dann ging sie. Einfach so.

Wieder führte Martins Hirn Krieg und es gab keine Hoffnung auf Friedensverhandlungen. Resigniert ließ er das Gemetzel zu, ließ zu, dass sämtliche Fraktionen aufeinander, auf ihn einprügelten. Nun waren es nur noch wenige dunkle Stunden und dann würde dieser Höllenkahn in Deutschland anlegen, wo ihn absolut nichts erwartete, wo er, das hatte er beschlossen, ins absolute Nichts hinüber gehen würde, um für alle Ewigkeit zu verschwinden.

Ein Teil von ihm hoffte Eva damit eins auszuwischen.

Vom Chaos erschöpft schlief er eine ganze Weile später ein.

Morgens vernahm der Müde merkwürdige Geräusche. Sie konnten nur vom Anlegen im Warnemünder Hafen stammen. Schlaff setzte er sich auf. Sein Kreuz formte einen enttäuschten Bogen. Er hätte gern sein Leben sortiert, geistig Ordnung geschaffen. Doch gab es nichts mehr zu ordnen. Da war kein Leben, kein Plan, keine Aussicht, nicht einmal Gewohnheit.

Er sehnte sich nach den bequemen, breitgesessenen Möbeln seiner Wohnung. Nostalgie als Abwehrmaßnahme. Ihm war sehr wohl bewusst, dass die Möbel samt dem Rest der Wohnung mittlerweile nicht mehr als ein einziger verkohlter, schlammiger Klumpen waren. Verbrannt, von der Feuerwehr durchnässt und unter dem ausgebrannten Dachstuhl liegen gelassen für beinahe eine Woche.

Es schien ihm ein Sinnbild seiner Innenwelt: die

Seele als zusammengepappter, abgefackelter und liegen gelassener Klumpen – wie theatralisch, wie real.

Da er nie mehr Geld besessen hatte, als er zum Leben brauchte, hatte er keine Ersparnisse anlegen können. Ohne Rücklagen und ohne Wohnung stand er da. Sobald er ausstiege, wäre er obdachlos.

Selbst die Rechnungen der verschiedenen Schiffsbars konnte er keineswegs begleichen. Das wusste er, ohne die Endabrechnung zu kennen. Einen Moment der Stärke würde es brauchen, einen Blick darauf zu werfen. Vermutlich würde die Rechnung per Post in eine Ruine zugestellt werden und gelangte niemals zu ihm, selbst wenn es ihn zu dem Zeitpunkt noch geben sollte.

Die verlorenen Listen, Aufzeichnungen, persönlichen Besitztümer und Werke waren außerdem – und das war die wirkliche Tragödie – selbst mit dem größten Vermögen nicht wiederherzustellen. Auf seinem Konto hatte er noch ein Guthaben im Wert von siebenundvierzig Euro.

Wie er inmitten der verkohlten Küche oder des verrußten Wohnzimmers auf morschen, schwarzen Bodendielen eine Schlafstelle einrichtete, stellte er sich vor, mit Häufchen des zerpflückten Teppichs als Kissen. Die Idee war albern. Bevor das geschähe, brächte er sich natürlich um.

Jeder, der Schlussfolgerungen dieser Art schon einmal ohne Illusionen oder Schaudern gezogen hat, kennt die

Stille im Verstand, die darauf folgt. Diese Stille will mit aller Kraft gefüllt werden und zieht wie ein Vakuum wahllos Gedanken an.

Moses Arsonovicz, dieser armselige Mensch, – wieso dachte er ausgerechnet an ihn? – würde in seine bequeme, kleine Existenz heimkehren, die Wärme seines einsamen Lebens genießen, mickrigen Hobbys nachgehen und sich nur ab und zu dieser Reise erinnern, während derer er ein paar Mal neben Martin Sorck gesessen hatte. Was wohl aus diesem Sorck geworden sei, würde er sich fragen. Aber die Antwort würde ihn kaum interessieren. Zu Recht.

So deprimierend es auch sein mochte, Moses Arsonovicz hatte alles, wonach sich Martin Sorck sehnte: Ruhe und Frieden. Einen Ort, an dem er sich vor dem Leben verstecken konnte, ihm nicht mehr zuhören und nicht mehr an sie denken musste. Die Außenwelt konnte ihm gestohlen bleiben. Er würde sie ausblenden aus seinem alten Leben; wenn er Arsonoviczs Leben führen könnte. Martin hätte sich versteckt vor seinen eigenen Gedanken an Eva.

Eva.

Natürlich hatte Moses Arsonovicz nicht alles, wonach Martin sich sehnte. Da fehlte noch Eva. Ein unübersehbarer Mangel.

Hin- und hergerissen zwischen einem sehnsüchtigen Griff nach Erinnerungen und einer Flucht vor Bildern ihres Lächelns, taumelten Martins Gedanken um Moses Arsonovicz herum.

Im Grunde musste er sich etwas noch Deprimierenderes eingestehen: sein Tischnachbar hatte beinahe nichts, das man beneidenswert finden konnte, aber dieses Wenige war mehr, als Martin selbst zu haben schien. Es war besser, in einem weichen Bett auf den Tod zu warten als an einer schmutzigen Bushaltestelle. So funktioniert Neid nun mal. Man muss die Dinge in Relation betrachten. Die Ruhe und das Vergessen, die zum Teil die Armseligkeit und zum Teil den Reiz eines solchen Daseins ausmachten, erschienen einem übermüdeten, innerlich ausgemergelten und von undefinierter Sehnsucht zerfressenen Reisenden – einem Dauerreisenden, da er auf der Schwelle existierte zwischen einem, der reist, und einem Obdachlosen – als das beste, was noch zu erreichen war. Endlich Ruhe. Wieder vergessen. Endlich schlafen.

Sämtliche Gänge und Flure waren schon überfüllt von Auscheck-Touristen, die sich in Sicherheit brachten. Sie schwärmten wie Krebse mit Koffern umher, Taschenkrebse, Kofferkrebse, ihre Tage wie Geschwüre mit sich herumschleppend. Sie litten an Kofferkrebs, wuchernden Besitztumoren, redeten aneinander vorbei, waren vollends allein, eingepackt in Kokons aus Schrott, Hawaii-Hemden, nicht glücklich ohne buntes Gewand, ohne den Luxus des Schiffs, ohne bewegliches Zuhause,

Chitinpanzer, Chitingrinsen, Chitinmeinungen. Wie Einsiedlerkrebse, doch fernab der Zahl eins. Stets in Mehrzahl, um Illusionen aufrecht zu erhalten: viele Menschen, viele Erlebnisse, viel Zeug, Rüstungen aus Polysaccharid, Mehrfachzucker.

Martin lebte den Singular. Eins. Monosaccharid. Sein Leiden entstammte dem wahren Einsiedlerkrebs, der im Herzen festgefressene, der Gift spuckt aus seinem Versteck, sich ohne Panzerung nicht sicher fühlt. Polysaccharid um ihn herum, Einsamkeit in Innern. Den Elementen ausgesetzt, wird er gefressen.

Wer genau hinsieht, bemerkt die Artverwandtschaft – Familie der Crustanea –, die Sorck nicht einzugestehen wagte. Sie standen sich gefährlich nahe. Die Unterschiede waren gewaltig, winzig und gewaltig. Taschen- und Einsiedlerkrebs sind untereinander nicht fortpflanzungsfähig, können gemeinsam nichts Neues erschaffen, keine Linie fortführen, keine Imperien begründen, nicht einmal Crustanea-Mulis in die Welt rotzen als bloßer Fortsatz des Endpunkts – einer geht noch. Dafür benötigt es größere Nähe. Noch unter den Karzinomen stand Martin Sorck allein.

Ein letztes Frühstück war im Preis noch inbegriffen und Nachweltstreber Sorck war darauf eingestellt, so viel er nur konnte zu essen. Es handelte sich aller Wahrscheinlichkeit nach um die letzte ordentliche Mahlzeit seines

Lebens und wenn er in sich hineinhorchte, bestand sogar die Möglichkeit, dass es die letzte Mahlzeit insgesamt sein könnte, sein Galgenschmaus. Alle Dinge, die zum letzten Mal getan werden, sollte man exzessiv betreiben.

Er aß mit so viel Appetit und schierer Gewalt wie vermutlich noch nie zuvor. Brot, Eier, Wurst, Käse, Kuchen, Pfannkuchen, Joghurt, Müsli. Und dann wieder von vorn. Er aß, bis ihm schlecht wurde, und dann aß er weiter. Sorck klammerte sich an das Buffet wie an einen letzten Strohhalm. So lange er noch Essen in sich hinein schaufelte, war er dem Schiff angehörig, Teil von etwas, war er noch lebendig.

Während er Portion um Portion zum Tisch holte, setzte sich Arsonovicz schweigend hin und betrachtete ihn. Dieser andere stille Mann trug einen seltsamen Ausdruck von Bedauern im Gesicht. Es war unklar, wen oder was er bedauern mochte.

Als Martin zwischenzeitlich einmal Atem holte, sich schwindelnd anlehnte, um nicht kotzen zu müssen, nutzte sein Sitznachbar die Gelegenheit und sprach ihn an.

»Herr Sorck, ich finde es erstaunlich, großartig sogar, wie Sie diese Kreuzfahrt zu genießen wussten.«

Martin starrte übersättigt vor sich hin.

»Sogar jetzt noch nutzen Sie jedes Angebot und essen mit derartigem Appetit und einer solchen Lust, dass man selbst erneut zulangen möchte. Wir haben einander zugegebenermaßen kaum gesehen, das heißt, gesprochen, denn gelegentlich kam ich nicht umhin, Sie an Bord zu entdecken und, das muss ich gestehen, auch eine Weile zu beobachten. Entschuldigen Sie, aber das Schiff bietet nicht allzu viele Orte, an denen man sich verstecken könnte.«

Ein belustigtes Schnaufen unterbrach Arsonoviczs Redefluss. Irritiert sprach er weiter.

»Jedenfalls habe ich Sie hier und da einmal entdeckt. Per Zufall, versteht sich. Verfolgt habe ich Sie nicht. Vielmehr teilen wir uns ja ein schwimmendes Heim.«

Sorck drängte ihn mit einer genervten Geste, in der Geschichte voranzukommen.

»Was ich sagen will, ist, dass Sie anscheinend überall dabei waren. Sie haben gefeiert, getrunken und Kontakte geknüpft. Ich bin durchaus neidisch auf Sie.«

Martin schrak auf. Er beäugte Moses verwirrt, den Mund verschmiert mit Schwarzwälder Kirschtorte, und fragend.

»Schon wegen der hübschen Dame, mit der Sie hier bekannt geworden sind. Sie kannten sich doch vorher nicht? Neulich bestaunte ich sie auf der Bühne und zu meiner größten Überraschung standen sie beide gestern Abend nebeneinander an Deck – abseits des Trubels – und unterhielten sich.«

Seine Augen waren groß geworden vor Begeisterung – oder war es Stolz?

»Entschuldigen Sie, wenn ich das so offen sage, aber ich hätte einiges darum gegeben, dort mit Ihnen tauschen zu können. Von einer solchen Frau kann ich nur träumen. So viel Glück habe ich leider nicht.« Schulterzuckend setzte er kurz darauf einen Schlussstrich unter seine Hoffnungen:

»Es soll wohl nicht sein.«

Vor Martin zeigten sich die unschönen, die traurigen, die selbstbetrügerischen Seiten dessen, was er sich eben noch herbeigesehnt hatte. Zu deutlich und zu direkt, um ignoriert zu werden. Er selbst hätte noch vorige Woche so geredet wie Arsonovicz. Niemand hatte ein Verbot ausgesprochen, dass es so nicht sein dürfe, doch war es auf diese Weise einfacher: es lag nicht an Arsonovicz, damals lag es nicht an Sorck, es sollte nicht sein. Ohne den Komfort von Wohnung und geistiger Möblierung, herausgerissen aus einer Welt und herumgestoßen in einer weiteren, betrachte Martin Sorck von außen, was er früher nur von innen kannte. Und, gottverdammt, die Aussicht war eine andere.

All die schönen Illusionen, bequemen Vorstellungen, Ablenkung und Stumpfsinn, standen in Trümmern vor ihm. Es gab kein Zurück in jene Existenz. Er hatte hinter den Vorhang geblickt und dummerweise verstanden, dass man sich nur so lange belügen kann, wie man auch die Kraft hat, die Wahrheit zu verdrängen. Das Spiel war aus. Martin Sorck hatte diese Fähigkeit verloren, als er seine Freiheit gewann. Wie die Mutter, die das Licht anschaltet im mystischen Dunkel des Kinderzimmergeisterschlosses, jeden Geist und jede Chance auf gefundene Schätze ruiniert, aber es zugleich möglich macht, zu sehen. Nur zu sehen – ob man will oder nicht. Das Spiel war aus. Nun konnte er wieder tun, was er wollte. Zu viel Einsicht schadet dem Theater, zu viel Licht dem schwachen Auge.

Träge nickend – ein Gesicht, das plötzlich erheblich älter aussah – klopfte er Moses Arsonovicz auf die Schulter.

Irgendetwas wollte Martin dennoch erwidern, etwas Aufmunterndes, ein Zeichen von Verständnis. Gleichzeitig überkam ihn doch wieder die Wut.

Dieser Kerl verstand einfach nichts. Dieser kleine Mann bestand darauf, dass es eben nicht anders sein konnte, dass es wohl nicht sein sollte, dass das Schicksal, Gott oder die Gene Martin bevorzugt hätten. Was auch immer das nun wieder heißen mochte. Das war doch kompletter Unfug. Martin hatte Glück gehabt. Er stockte mitten in der sich aufbauenden Rage.

Glück?

Ein seichter Windstoß wehte wie zufällig einen Duft vorüber, der sanft an seiner Wange entlangstrich.

Wie kann ein Mensch zugleich beruhigt und

aufgewühlt sein? Eva schien geradewegs an ihm vorbeigehen zu wollen. Dann blieb sie doch stehen. Martins Knie wackelten schlaff zwischen den Tischbeinen. Er war nicht in der Lage einzuschätzen, ob der Zufall sie hergeführt hatte oder ob sie vielleicht für ihn gekommen war.

Beiläufig und mit jenem verschmitzten Lächeln, das des Nachts nicht abzuschütteln war, fragte sie ihn, ob er schon eine neue Bleibe gefunden hätte. Wie hätte er? War das noch grausame Naivität oder handelte es sich um eine Provokation?

Am Rande spürte Martin den neugierigen, gutmütigen Blick Arsonoviczs.

Eva ignorierte seinen Nachbarn vollends. Bevor er die Zeit finden konnte zu antworten, redete sie weiter – und hier endlich wirkte ihre Beiläufigkeit mädchenhaft gekünstelt.

»Wenn du willst, kannst du erstmal mit zu mir kommen. Morgen schauen wir dann weiter.«

Martin Sorck, Selbstruinierer und Experte vollkommen unpassender Zurückhaltung – besonders aber hartnäckig an Selbstmitleid und wackligen Entscheidungen festhaltend, die sich als voreilig herausstellen könnten –, machte bereits Anstalten abzulehnen. Da verpasste ihm Moses Arsonovicz einen leichten Stoß in die Seite. Vermutlich war das seine Rettung. Er sagte wie selbstverständlich zu. Wer seine Antwort hörte, hätte meinen können, er täte ihr einen Gefallen.

»Dann sehen wir uns draußen. Du wirst mich auf dem Hauptparkplatz schon finden.«

Auffallend flink entschwand Eva aus dem Speisesaal und ließ die beiden allein.

»Nun, Herr Sorck, ich möchte keinesfalls unhöflich sein, aber ich kann die Dame nicht einschätzen. Missverstehen Sie mich bitte nicht. Sie scheint großartig zu sein: attraktiv, allem Anschein nach spannend und auch intelligent. Aber sie gehört nicht zu jenen Menschen, deren Charakter man direkt einzuordnen vermag.«

Martin grinste ihn zufrieden an.

»Eventuell werde ich ja auch eines Tages Abenteuer wie die Ihren erleben. Gott weiß, ich wünsche es mir, aber mich hält eine Menge zurück. So viele Dinge, die es einzuplanen und zu erledigen gilt. Manchmal frage ich mich ernsthaft, ob ich diesen ganzen Schund besitze oder ob es nicht andersherum ist. Aber natürlich kann man nicht einfach alles wegwerfen.«

Gequält lächelnd und sehr langsam erhob sich Moses Arsonovicz daraufhin. Er verabschiedete sich mit den Worten:

»Herr Sorck, Sie sind ein glücklicher Mann.«

Martin blieb nichts übrig, als ihm die Hand zu schütteln.

»Herr Arsonovicz, es war mir eine Freude, Sie kennengelernt zu haben.«

Moses Arsonovicz war bereits am Ausgang des Speisesaals angelangt, als er noch einmal wiederkehrte, um etwas loszuwerden.

»Sollten Sie irgendwann einmal Interesse an einer Fortsetzung unseres Gespräches haben, kommen Sie mich bitte besuchen. Ich wohne direkt hier in Warnemünde.«

Mit diesen Worten überreichte er ihm seine Visitenkarte.

Martin bedankte sich höflich, steckte sie ein, bekräftigte, dass er sich melden würde, wie es sich gehörte, auch wenn er es nicht so meinte, und ließ ihn dann endlich abtreten.

Sich weiterhin an das Frühstück zu klammern wurde nun nicht bloß sinnlos, sondern auch zunehmend reizloser. Schon lange waren Hunger und Appetit ausgemerzt worden. Also machte er sich auf den Weg zur Kabine. Horchte er währenddessen in sich hinein, schien es nicht unwahrscheinlich, dass er sich doch noch übergeben musste.

Und warum auch nicht? Manchmal muss man alles wieder ausspucken, was man vorher mühsam zu verdauen versucht hat. Womöglich würde er irgendwann als abgerissener Penner vor Arsonoviczs Haus stehen und sich durchschnorren. Das hieß natürlich, sofern sich Martin nicht vorher von einer Brücke stürzte. Eva würde irgendwann genug von ihm haben. Er hatte da schon eine bestimmte Brücke im Auge. Sie war eventuell nicht hoch genug, aber unten lagen Gleise, also würde ein Zug notfalls erledigen, was der Aufprall vermasselte. Er musste lediglich gut zielen.

»Wer weiß schon, was die Zukunft bringt«, spöttelte die Stimme in seinem Kopf. Manchmal ist Hohn die einzige Form, in der Gedanken noch ausgedrückt werden können. Die Selbstironie der Zerbrochenen. Er packte seinen gesamten Besitz wieder in die zwei schmutzigen Koffer.

Und doch, ja, da war auch eine Menge Hoffnung in ihm.

Eingehüllt in dumpfe Ruhe befand sich Sorck nun auf dem Parkplatz.

Sämtliche Abschiedsgrüße, das Gewinke, Gelächel und Genicke der Aisha Harmonia-Galeerensklaven hatte er längst hinter sich gebracht. Auf Fragen bezüglich offener Tresendeckel hatte er ausweichend geantwortet und war dann geflohen. Seine Gedanken drehten sich um Moses Arsonovicz. Ihm war zwischendurch, als hätte er sich aufgespalten. Die eine Hälfte war verrückt geworden und wartete auf eine Frau, von der er fast nichts wusste und mit der fast alles denkbar zu sein schien. Die andere Hälfte würde allein in ein graues Viereck aus Wänden heimkehren und sich ganz klein machen, damit ihn Traurigkeit und Sinnlosigkeit nicht finden könnten. Doch so nahe am Boden dieser Part von ihm auch kroch, wieder und wieder würde die Dunkelheit kommen. Denn die Wahrheit ist, dass man selbst nach den Dämonen ruft, deren Erscheinen man fürchtet.

»Er wirkte irgendwie traurig. Ein bisschen so wie du.« Martin hatte Evas Kommen nicht bemerkt. Sie grinste ihn an.

»Ich meine den Typen, der am Tisch neben dir saß.«

Martin nickte. Sie gingen zu ihrem Auto, wo er ihr Gepäck und seines in den Wagen hob.

Eva saß bereits am Steuer und beobachtete Martin durch den Rückspiegel. Ein warmes, ruhiges Gefühl machte sich in ihm breit und erzeugte jene Art von Frieden, die auch ängstliche Kinder an der Hand ihrer Mutter kennen. Doch da gab es auch noch Misstrauen im Herzen.

Er wollte eben die Lade schließen, da fiel ihm plötzlich ein Benzinkanister ins Auge, der rot und verschmiert im Kofferraum kauerte. Ohne ihn aus dem Blick zu verlieren, nestelte er in seiner Hosentasche herum. Selbsttätig streckten sich seine Finger zum Kanister und griffen zu. Lange überlegte er nicht mehr. Er wusste, was er zu tun hatte, versprach Eva nachzukommen und marschierte kurzerhand los.

Sie sorgte sich nicht um ihn. Lächelnd ließ sie ihn ziehen.

Martin Sorck machte sich auf, ein Feuer zu legen.

**Triggerwarnungen**

Alkohol- / Drogenkonsum
Äußerer Druck / Zwang
Blut
Enge Räume
Explizite Sprache
Gewalt / Waffen
Sex / BDSM
Suizidale / parasuizidale Figuren & Äußerungen
Übermäßiges Essen

Diese Liste erhebt keinerlei Anspruch auf Vollständigkeit, ist jedoch nach bestem Wissen und Gewissen erstellt worden, um niemandem den Tag mehr zu ruinieren, als für die Geschichte unbedingt notwendig.